아무튼, 피트니스

아무튼, 피트니스

류은숙

코난북스

차례

나는 살기로 했다 ___ 6

개처럼 굴려요 ___ 14

지름신이시여 ___ 20

나는 뭔가를 몸에 새긴 것이다 ___ 28

다이어트, 최선을 다해 잘 먹기 ___ 36

데드리프트에 성공하다 ___ 46

지구를 버티듯, 체스트프레스 ___ 54

벤허처럼 혹은 뽀빠이처럼 ___ 62

몸한테 혼나기 전에 ___ 70

복근 운동과 유산소운동, 지루한 삶과 같아라 ___ 78

체육관의 운동, 체육관의 노동 ___ 86

나를 지켜보는 사람 ___ 94

탈의실 정치 ___ 104

'힘!' '힘은 우리의 것!' ___ 112

엉덩이의 소리를 들어라 ___ 120

도둑처럼 오는 변화 ___ 128

깍두기의 기승전-피트니스 ___ 136

이해하다 ___ 146

나는 살기로 했다

새벽에 가슴이 너무 아파서 깼다. 무리하면, 폭식이나 폭음을 하면 가슴에 지진이 나기 시작한 지 몇 년이다. 자다가 다리에 쥐가 나는 일은 덤이다. 또 시작되나 보다 했다. 그러나 그 새벽의 통증은 엄청났다. 이대로 죽을 수도 있겠다는 생각이 들었다. 조금 가라앉고 나니 다시 잠들기는 틀렸다 싶어 휴대폰으로 뉴스를 보기 시작했다. 'ㅇㅇ씨, 이국의 호텔에서 사망, 심장마비 추정', 속보로 올라온 기사 제목이 눈에 띄었다. 나랑 나이가 같은 사람이다. 고인에겐 뭐라 말할 수 없이 죄송하지만, 그 뉴스를 보고 내 발로 병원에 갔다.

몇 가지 검사를 했다. 의사는 나더러 아주 위험한 상태니 당장 입원하라 했다. 급한 일 좀 마무리하고 며칠 뒤에 입원하면 안 되겠느냐고 했더니, 그는 '한가한 소리 하고 있네' 하는 표정으로 나를 봤다. 검사해보다가 내 혈관에 뭘 박을 수도 있다고, 그렇게 되면 중환자실에서 깨어날 수도 있다고 했다. 다행히 이물질을 몸에 넣지 않게는 됐지만, 3일간 병실에 갇혀 각종 검사를 받았다. 그러는 동안엔 휠체어에 앉은 채로 이동해야 했고, 뭘 검사한다고 열두 시간을 움직이지도 못하게 하고 화장실도 못 가게 했다. 병문안 온 동료가 오줌을 받아줬다.

병원 창문가에 서서 내다보니 연말 거리는 쓸쓸했다. 환자복은 자주 끈이 풀어졌다. 그리고 벌어진 그 사이로 바깥바람이 들이친다는 착각이 들었다. 차갑고 휑했다. 평소 내 계획이라고 지껄였던 '마지막 여행'이 떠올랐다.

"난 이대로 막 살다가(=폭음과 폭식을 즐기다가) 혹시 병 걸려 죽을 것 같으면, 다 정리하고 여행을 떠날 거야. 이리저리 원 없이 떠돌다가 아무도 모르게 이국에서 죽을 거야."

그 계획을 듣고 다들 웃으며 '나도 나도' 했다. 나보다 연장자인 한 사람만 내 얘기에 심각하게 말했다.

"류! 병이란 게 그런 식으로 오는 게 아녜요. 쌩쌩하게 활동하다가 한 번에 죽을병이 오는 게 아니라구요."

"네?"

"여기저기, 조금씩 조금씩 아파요. 만성적인 병이 늘어요. 병과 더불어 살아야 하는 거예요."

그이 말이 맞았다. 나는 지금 당장 죽을병에 걸린 건 아니었다. 이 병과 죽을 때까지 살아야 한다. 나는 '마지막 여행' 대신, 살기로 했다.

그러고서 1년이 지났다. 의사가 당부하기도 했

지만 약만 먹을 게 아니라 꾸준히 운동을 해야 한다는 건 이 시대의 복음이다. 컴퓨터 화면에선 시시각각 이런 운동이 좋아요 저런 운동이 좋아요, 제목만 바꾼 기사가 쏟아진다. 초등학교 앞 문방구 뽑기 기계에 쪼그리고 앉아 하염없이 그 안을 들여다보는 아이처럼, 내 눈도 그런 기사들에 들러붙었다.

병원에서 나오고 나서 운동을 안 한 건 아니었다. '알리바이'용 운동은 했다. 병원에서 경고까지 받았다니 친구들이 헬스장에 직접 데려갔다. 그리고 샤워실이며 뭐며 다 점검하고서는 회원권을 끊어줬다. 가끔 통화할 때면 '출첵'까지 했다. 그런 친구들 덕에 나는 주 3회 체육관에 가긴 갔다. 그러나 할 줄 아는 게 없었다. 가면 트레드밀에서 45분 정도 걷다가 왔다. 시속 3.5킬로미터, 나는 트레드밀에 올라탄 거대한 달팽이 한 마리였다. 그나마도 걸을라치면 왼쪽 팔과 가슴에 통증이 심했다. 통증이 가라앉을 무렵이 운동을 마치는 시간이었다. 그게 45분 정도였다. 그 거나마 운동을 하고 있다는 알리바이는 폭음과 폭식을 정당화해줬다.

'운동도 하고 있으니, 이 정도야 뭐.'

그 결과는 1년 후 정산되었다. 버티고 버티다가

엄마 등쌀에 그해 마지막 날에 건강검진을 했다. 몸무게가 10킬로그램 불어 있었다. 알리바이용 운동과 죄책감 없는 폭음과 폭식, 이 둘이 궁합이 맞아 몸이 증식을 아주 잘한 것이다. 무엇보다 심장만이 아니라 팔다리가 너무 저려서 책상에 앉아 일하거나 뭔가에 집중하기가 힘들었다. 온몸이 내뿜는 짜증이 수증기처럼, 내가 하는 모든 일, 나를 둘러싼 모든 것에 가득 찼다. 친구들은 걷기만 하지 말고 근력 운동을 하라고 했다.

1월 첫 주, 시름에 겨워 만만한 기계 하나를 골라 앉았다. 헬스장의 기구들은 일종의 고문 장치다. 어디를 어떻게 조여야 고통을 주는지 잘 알고 만들어진 것들이다. 그런데 그것도 기술자가 다뤄야 제대로 고통이 오는 것이지, 어딜 어떻게 당겨야 할지도 모르는 사람에게는 그저 숫자 세기 기계에 불과하다.

열 개만 잡아당기리라, 작정하고 힘을 쓰는 중이었다. 나이스(내 첫 트레이너의 자칭 별칭이다)가 다가왔다.

"지금, 뭐 하세요?"

(보면 모르냐?) "네, 그냥 뭐."

"이걸로 뭐 하시려고요?"

"네? 팔 운동 삼아 잡아당기고 있는데요?"

"회원님, 이건 등 운동 하는 기구입니다."

"에?"

"이리 와보세요."

올 것이 왔다.

처음 헬스장 등록할 때 OT라는 걸 받으라 했다. 인바디 체크하고 이런저런 기구들 쓰는 법을 가르쳐 준다 했다. 나는 완강하게 거부했었다. 병원 의료진 앞에서도 싫은데 남 앞에서 저울에 내 몸을 올리고 이리저리 출렁대는 몸을 기계마다 돌아다니며 전시하는 게 영 마뜩잖았다. 게다가, 그렇다, 나는 '독학' 스타일이다. 학교 다닐 때 공부도 수업 시간에 선생님 말을 들으며 한 적이 없다. 수업 시간 내내 이런저런 공상에 빠져 지내다가 시험 전날 독학하는 게 내 공부 스타일이다. 한마디로 나는 남의 말 듣는 걸 아주 싫어한다. 그런 내가 올 것이 왔다고 느꼈다는 건 내 스타일, 독학 스타일을 버려야 할 바로 그 순간이 왔음을 직감했다는 거다.

인바디 세크 결과는 예상대로였다. 지방은 둥실, 근육은 물컹, 내 몸 상태가 숫자로 표시되어 나왔다. 그날따라 왜 이리 팔은 쑤시는지, 나이스가 얘기하는 동안 나는 내내 팔을 주물거리고 어깨를 두들기고 아주 산만한 모습을 보였다.

"괜찮으세요?"

내 행동이 과잉이상으로 보였는지 나이스가 물었다.

(네 눈엔 내가 괜찮아 보이니?) "아, 네…. 직업병이에요. 종일 책상에 앉아 있으니 온몸이 쑤시고 아파요. 어깨 통증은 늘 있는 거구요."

"저랑 석 달만 운동하시면 좋아지실 겁니다."

나는 그게 '영업'이란 걸 잘 알고 있었다. 그러나 필요한 게 있으면 2분 내에 지르는 것 또한 내 스타일이다. 저울에 올라간 순간 나이스의 말을 따라야 한다는 걸 이미 알고 있었다.

와, 내가 개인 트레이닝을 받게 되다니….

문득 어느 영화가 떠올랐다. 「위대한 개츠비」의 여주인공으로 유명한 미아 패로가 주연한, 중년의 부유한 가정주부가 남편의 외도를 계기로 자기 생을 돌아보고 자아를 찾으러 인도로 향하는, 뭐 그렇고 그런 얘기의 영화다. 그 영화에서 내가 충격받은 것은 그녀의 집으로 찾아오는 헬스트레이너였다. 벨이 울리고 문이 열리면 근육질의 트레이너가 방방 뛰며 집 안으로 들어와 말한다.

"자! 오늘도 지방을 태워볼까요!!"

'와, 저렇게 개인 트레이너랑, 그것도 자기 집에서 운동하면 살찔 틈이 없겠네. 역시 몸은 계급적이야.'

나는 분명 그 장면을 보면서 이런 생각을 하며 혀를 내둘렀다. 그런데 내가, 바로 지금, 미아 패로가 되기로 한 거다. 세상에, 내가….

개처럼 굴려요

신체 단련을 피트니스(fitness)라 한다. 목적에 부합 (fit)하기 때문이란다. 운동을 부추기는 흐름이 거센 만큼 그 역류도 세다. 피트니스 식 몸 만들기를 경계하는 의견 말이다. 피트니스의 목적이 상품으로서 외모를 가꾸기 위한 것, 비현실적인 가짜 몸을 만드는 것, 그러니까 일종의 폼 잡기라는 것이다. 가짜 운동이기에 진짜 운동을 하려면 피트니스 말고 뭔가 다른 걸 해야 한다는 말로도 이어진다. 한마디로 살을 빼고 근육을 만들고 건강해지기 위한 건 진짜요, 폼 잡기는 가짜라는 말이다. 그러나 이건 책상에서 운동을 생각하고 논할 때나 가능한 얘기다.

하루라도 직접 몸을 굴려보면 폼 잡겠다고 엄두를 낼 정도가 아니다. 개처럼 구르는 단계에서 그만두고 싶은 맘이 굴뚝같기 때문이다. 운동을 마치고 나면 너무 힘들고 너무 진이 빠져서 일상의 나머지 시간에는 노곤하게 늘어질 지경이다. 운동하느라 온 힘을 써서 일할 기력이 부족하니 운동을 계속하다간 이도 저도 다 망하겠다는 생각마저 든다. 최소치이자 현실성 있는 목적을 잡아야만 한다.

나의 목적은 뭘까, 친구들은 입 모아 만장일치로 말했다. "계속 마시기 위해서!" 부인할 수 없는 진실이다. 스무 살 때부터 마셔온 인생, 인생에서 이걸

지워버리고 산다면 그런 삶은 내겐 '건강한 삶'이 아니다. 기억이 사람을 만드는 것이라 하지 않는가. 같이 마신 사람들이 기억해주는 게 내 삶이다. 내가 그들을 기억하며 만든 유대가 내 삶이다. 맞다. 계속 마시기 위해선 규칙적으로 몸을 움직여야 한다.

그러나 첫날부터가 문제였다. 열심히 운동하라는 동료들의 격려가 너무 길어져 새벽 세 시까지 달렸다. 아우, 어쩌지. 첫 PT 수업 받는 날인데. 트레이너 나이스가 활짝 웃으며 다가와 인사를 건다.

"회원님! 첫날이니 파이팅해볼까요!!"

하이파이브를 청한다. 나는 힘없이 손바닥을 마주 댄다.

"왜 그러세요? 뭐 안 좋은 일 있으세요?"

"아뇨. 그냥 좀 졸려서요."

나중에 안 것인데, 음주 후에 운동하면 안 된다고 했다. 그런데 그렇게 따지면 난 단 하루도 운동할 수 없을 거다. 나는 나에게 맞는 길을 가야 한다.

첫 운동은 양팔 벌려 뛰기 30회. 중학교 체육시간으로 돌아간 내 몸은 헐떡거렸다. 헐떡이면서도 느껴진다. 나이스가 복잡한 표정으로 나를 관찰하고 있다는 사실. '이 사람, 완전 난코스다. 힘들겠는데 쩝

쩝.' 표정만 봐도 이렇게 말하는 것 같았다.

뛰기는 힘들겠다 싶었는지, 다음 운동으로 간단하게 스텝 밟기를 해보라고 했다. 계단을 약하게 오르락내리락 하는 수준이었다. 그다음으로는 사지를 쫙쫙 펴 큰 폭으로 복도를 걸으라고 했다. 이 역시 나에겐 헉헉, 헥헥, (진짜 혀를 내밀진 않았지만) 혀를 빼물고 학학거리는 한 마리 개가 된 느낌이다.

나이스는 운동과 운동 사이 휴식 시간을 20초, 30초, 야박하게도 끊었다. 그런 나이스에게 나는 헐떡이며 정말 다급하게 외쳤다.

"3분, 허억, 3분, 허억."

적어도 3분은 쉬어야 숨이 돌아오겠다는, 진심으로 살려달라는 비명이었다. 그 후로 나이스는 내 표정을 보고 '이번에도 3분짜리인가요?'라고 물어대는 일이 잦았다.

첫날 운동을 마치고 나오니 소감이 어떠냐고 지인에게서 문자가 왔다. 덜덜 떨리는 손가락을 움직여 주저 없이 답을 보냈다.

"개처럼 굴려요."

동물 차별이자 동물 학대에 해당하는 듯한 '개처럼 굴린다'는 말이 '아주 힘들다'는 뜻이 된 건 어떤 연유에서였을까.

학창 시절 본 스웨덴 영화 「개 같은 내 인생」에서 '개 같은'이라는 말은 '아주 좋고 부러워할 만한'이란 뜻이라 해서 문화 충격을 받은 일이 있다. 한국에서 '개 같은'의 의미는 정반대로 문명 속에서 살아감에도 인간답지 못한 삶을 강요당하고 자연 속 네 발 짐승처럼 구는 비인간화 현상을 가리키는 말이 아니던가.

엎드려뻗쳐서 팔다리 번갈아 뛰기(마운틴클라이머), 엎드려서 손바닥으로 걷기(암워킹), '개처럼 굴리기'의 버전은 실로 다양하기도 하지. 그런데 회를 거듭할수록 조금씩 다른 느낌이 몸에서 전해져왔다. 인간도 동물 아니던가. 그걸 잊고 의자에 꽁꽁 묶어뒀던 몸을 굴려대자 동물로서의 활기가 나에게서 차차 느껴졌다. 살아 있는 동물로서 느끼는 활기는 부인할 수 없는 쾌감이었다.

물론, 곧 인간들이 부러워졌다. 나는 네 발 짐승처럼 체육관 바닥을 박박 기고 있는데 옆에서 저마다 기구 잡고 폼을 내고 있는 사람들은 나와는 달리 인간으로 보였다. 그들 옆에서 헥헥 학학거리는 나는 '비인간' 같았다. 기구를 사용하는 인간이 되고 싶은 비인간! 비인간으로서의 시간은 몇 달 동안이나 계속되었다. 사람에 따라 다르겠지만, 관찰해보니 체육관에 오는 사람 중에서 비인간의 시기를 통과하고 기구를 다루는 인간이 되는 경우는 드문 것 같았다. 탈락자들이 속속 눈에 띄었다. 나는 기구를 잡는 인간이 되고야 말리니. 몇 달을 그렇게 개처럼 구르면서 내가 꾼 꿈이다.

지름신이시여

나 같은 사람은 옷을 잘 사지 않는다. 안 사기도 하고 못 사기도 한다. 안 사는 것은 '살 좀 뺀 다음에 나한테 어울리는 옷을 사고 싶다'며 미루기 때문이다. 못 사는 건 체형에 맞는 옷을 웬만해선 구하기 어렵기 때문이다. 구경이라도 할라치면 박대를 당하기 일쑤다. '당신 같은 사람한테 맞는 옷이 여기 없을 텐데' 하는 노골적인 눈빛으로 나한테는 아예 호객 행위나 응대를 하지 않는다. 심지어 시골 장터에서도 그랬다. 귀농한 후배의 농사일을 거들러 주말에 내려간 길에 몸빼를 사러 시장에 들렀다. 몸빼는 고무줄이 허리에 맞게 쭉쭉 늘어나는 옷 아닌가. 그런데 플라스틱 의자에 앉아 부채질하던 주인장이 "아줌씨한테 맞는 건 없어" 하더니 두 번 다시 쳐다보지도 않는다.

그러다 보니 어쩌다 큰맘 먹고 큰 옷 전문점에서 지른 옷을 닳아 해지도록 입는 것이 나의 의생활이다. 큰 옷이라는 이유만으로 무지 비싸니 자주 지를 수가 없기도 하다. 바지는 길이가 맞으면 허리와 엉덩이가 조이고, 그 반대면 길이가 너무 길다. 정장 바지도 아닌 운동복마저 이렇게 날 괴롭히다니. 윗도리는 배를 덮을 만하게 품이 넉넉한 크기를 고르면 어깨와 팔 길이가 지나쳐서 포대 자루 같다. 원하는 예쁜 모양과 색은 저 멀리 다른 나라 얘기다. 그도 아니면 엄마가 보다 못해 구해 온 엄마 표 빅사이즈가 내 옷이 된다. 색상이며 디자인, 어느 쪽도 내 맘에 차는 게 없지만 불평했다간 엄마한테 등짝을 맞아야 한다. 네가 원하는 것을 입으려면 몸을 줄이라는 것이 매 값의 이유다.

엄마는 늘 내 옷차림을 못마땅해한다. 올케와 조카들이 있는 자리에 내가 나타나면, 엄마는 나를 부끄러워한다. 엄마 신경을 거스르는 내 차림은 겨울엔 누비조끼 위에 껴 입었으나 단추가 안 잠겨서 앞을 연 채로 입는 패딩파카, 여름엔 목이 늘어지고 색이 바랜 박스티 같은 거다. 남 보기 부끄럽지도 않냐며 엄마는 나를 한심해한다. 그때마다 내 답은 똑같다.

"엄마! 사람들은 잘 차려입은 사람 쳐다보지, 나처럼 입은 사람은 안 쳐다봐. 신경 꺼도 돼."

나에게 미적 감각이나 취향이 없느냐 하면 그건 또 아니다. 주변 사람들 옷을 패션계 거물처럼 품평하는 게 내 습관이다. 어렸을 때는 종이인형에 입힐 옷을 디자인하고 그리느라 학습장과 스케치북을 낭비했다. 그래서 그런 습관 때문에 욕과 비웃음을 듣곤 한다.

"당신이나 좀 챙겨 입으슈."

"오늘 입은 옷 때문에 여기 오면 지적질당할까

봐 긴장했어.”

'난 그런 거 신경 안 쓴다'는 초탈의식과 '하지만 심미안은 있다구' 하는 우월의식이 머릿속에서 맞부딪쳐 요란스럽게 깨진다.

그런 내가 운동을 시작하고서 지름신을 맞아들였다. 일단 마음 편하게 온몸을 움직이기 위해서였다. 처음에는 체육관에서 주는 옷을 입었다. 그러나 작아서 몸을 움직이기가 불편했다. 윗도리는 사이즈가 더 큰 남성용을 입었다. 그랬더니, 세상의 편견과 간섭은 거기서도 멈추지 않았다.

“회원님, 그건 남자 겁니다.”

내가 손에 든 옷은 그저 (사이즈가 더 큰) 파란색 티셔츠일 뿐이다. 여성용은 빨간색이라고? 성별로 색을 정한 건 도대체 누군가.

“알아요. 그냥 제가 편해서 입는 거예요.”

그만 하면 포기해도 좋으련만 중장년 남성들이 가만 놔두질 않았다.

“남자 거라니까요.”

그런 식으로 매일 실랑이를 벌이기도 피곤한 일이었다. 그도 그렇거니와 정식으로 PT를 받게 되면서는 몸놀림이 격해졌다. 트레드밀의 시속 3.5킬로미터 달팽이에서 벗어나려니 내 몸에 맞는 새 집이 필요했다.

일단 스포츠브라가 필요했다. 속옷은 겉옷보다 엄청 비싸다. 내구성이 약해 얼마 입지도 못하는데도 그렇다. 그래도 운동에 필요하니 살 수밖에. 그런데 국내 제품 중에서 가장 큰 것도 나에게는 작다. 인터넷을 뒤져 수입제품 가게를 찾아 발품까지 팔아 찾아갔다. '시험 착용이 필수'라고 해서다. 엄청난 가격에 뜨악했다. 그래도 내 평생 나한테 제대로 꼭 맞는 걸 입어보기는 처음이었다. 늘 작아서 옷매무새가 울퉁불퉁했다.

"이거 얼마나 입을 수 있어요?"

"2년 정도요."

세상에. 이렇게 비싼 걸 2년밖에 못 입는다니. 그래도 내 몸에 맞는 걸 입고 마음 놓고 펄쩍펄쩍 뛸 수 있다는 데 만족하기로 했다.

살이 돈을 잡아먹는구나. 찌우는 데도 엄청 돈이 들었는데, 빼는 데도 돈이 엄청 들다니, 돈 먹는 하마가 따로 없다. 살, 도대체 넌 뭐냐. 병원비, 약값은 또 어떻고. 카드를 긁고 받아 온 혈압약 뭉치를 앞에 놓고 생각한다. 살 빼서 돈 아끼자.

운동복을 내 몸에 맞게 입기 시작하니 일상복에

도 변화가 생겼다. 그전까지는 용도를 불문하고 거의 모든 옷이 고무줄인지라 잠옷, 일상복, 외출복 구분도 없었다. 구분할 필요가 없이 뒤섞여 있기 마련이었다. 그러던 옷들을 구분해 입기 시작했다. '나중에 마음에 드는 옷을 사자'라며 미루지 말고 '지금 내 맘에 들게 입자'고 생각을 바꿨다.

엄마 표가 아니라 내가 원하는 내 옷을 사 입게 되자 늦은 나이에 독립한 기분마저 들었다. 그렇게 챙겨 입기 시작하자 별것 아닌데도 평소 기분이 좋아졌다.

대학 1학년 때 '철학자'라는 별명으로 불린 동기 녀석이 떠올랐다. 옷을 갈아입지도 않고 머리는 떡이 졌고 이빨도 잘 안 닦는 것 같았다. 냄새 때문에 그 앞에서 표정 관리하기도 곤란해질 지경에 이르러 그 녀석이 무안해할 것을 무릅쓰고 왜 안 씻느냐고 물어봤다. 생각지도 못한 답이 돌아왔다.

"세상이 이렇게 다 더러운데, 나만 깨끗이 씻으련 뭘 해."

시대는 학교 앞에 최루탄이 터지지 않는 날이 없고 연행 학우 속보가 끊이지 않던 때인지라, 그 애의 답은 질문한 나를 부끄럽게 했다. 그런데 그 녀석이 몇 달 후 달라졌다. 면도도 매일 깔끔하게 했고 샴푸와 스킨 냄새가 풍기기까지 했다.

"왜 요즘은 이렇게 깔끔해?"

"세상이 더러운데 나마저 더러우면 안 될 것 같아서."

그 일로 그 애의 별명은 철학자가 됐다.

운동을 하고 살을 뺀다는 것이 외모에 대한 편견에서 도망치는 것인지 편견과 맞서 싸우는 것인지 자주 헷갈린다. 남의 눈에 들려고 하는 건지 나에게 나를 잘 보이기 위한 건지도 잘 모르겠는 때가 많다. 하긴 나에게 잘 보이고 싶은 나도 어차피 타인의 눈을 거치기 마련이다. '내 안에 너 있다'는 대사처럼 타자는 다양한 모습으로 내 안에 존재한다. 나와 타자의 경계는 명확히 그을 수 없다.

지름신 때문에 행거에 걸린 옷이 늘어날 때마다 나는 누구의 어떤 눈으로 나를 보고 있나 생각하게 된다. 아름답다는 말의 어원 중 가장 설득력 있는 것은 '자기답다'라고 한다. 지름신에 들려 산 내 옷, 저 옷들은 나다운 것일까?

나는 뭔가를 몸에 새긴 것이다

PT를 시작하기 전까지 내가 운동하는 시간은 45분이었다. 여기에 체육관 오가는 시간, 씻는 시간을 다 더해 하루 한 시간 남짓 내는 것도 솔직히 아까웠다. 그렇다고 24시간을 뭐 그리 알차게 채우는 것도 아니지만, 운동 '따위'에 한 시간을 선뜻 내기가 아까웠다. 머리 쓰는 시간은 귀하게 여기고 몸 쓰는 시간은 하찮게 여기는 건 내가 받아온 교육과 사회체계가 가르친 고약한 습성이란 것을, 역시 머리로만 인정하면서 현실에서 여간해선 고치고 싶지 않았다.

운동에 들이는 시간이 아깝게 느껴진 건 그런 생각 탓만은 아니었다. 현실적으로 할 일이 너무 많았다. 그런데 일을 제쳐놓고 운동을 한다? 사치로 느껴졌다. 드라마에는 '먹고 죽으려 해도 없는 돈'이라는 대사가 자주 나온다. 시간도 마찬가지다. 빈곤이 무엇인가를 헤아릴 때 삶에서 결여된 요소가 무엇인지 따질 목록은 길고, 그중 시간의 빈곤도 심각한 결핍에 해당한다.

그런데 트레이너 나이스는 두세 시간의 운동을 제안, 아니 요구했다. PT 수업을 본격 시작하기 전에 준비 운동으로 스트레칭과 가볍게 걷기 30분, PT 한 시간, 수업 후에 자습으로 복습 동작, 복근과 유산소 운동 한 시간, 이런 사이클을 감안하면 두세 시간이라는 계산은 무리한 요구가 아니라 적절한 것이었다. 나이스의 요구 사항을 들었을 때, 그러나 나는 '아니, 무슨 그런' 황당해서 고개부터 내저었다.

나이스의 계획과 계산은 아무리 들여다봐도 맞지만, 하루 24시간에서 두세 시간을 들어내서 그 시간 동안 운동을 한다는 건 누구에게도 쉬운 일이 아니다. 쉽지 않은 정도가 아니라 불가능, '미션 임파서블'이다. 안 그래도 모자란 시간을 마이너스 통장으로 빚을 내 쓰는 느낌이다. '시간아, 게 섰거라' 아무리 외쳐도 시간은 '나 잡아봐라' 하며 도망친다. 나이스의 지도를 따르려면 나는 시간의 추격자가 아니라 산책자가 되어야 한다. 쌓여가는 일에 조바심내지 않고 산책자처럼 한 발 물러나 바라봐야 하는 것이다.

두세 시간짜리 운동 스케줄은 어림없는 계획이었기에, 일단 나이스와의 수업 약속만은 절대 어기지 않는 것을 목표로 삼았다. 우선 몸에 시간표를 새겨야 했다. 일의 사정에 따라 운동을 포기하거나 미루기 시작하면 운동이 가능한 날이 전혀 없을 것이었기 때문이다.

인권 운동을 25년여 한지라 전국에서 강연이나 교육을 해달라는 요청이 많다. 두세 시간짜리 강연을 한 번 하려면, 준비하는 데는 몇 배의 시간이 들고, 왔다 갔다 하는 시간을 더하면 한 건이 아니라 하루 이틀 치 일이 돼버린다. 불쑥불쑥 밀고 들어오는 이런저런 사안에 자문해줘야 할 때도 많다. 말이 자문이지 실은 만나서 몇 시간씩 하소연을 나누는 일이다. 참석해야 할 인권 관련 집회도 많다. 기자회견과 토론회는 넘치고, 관련된 사건 현장에는 지지 방문도 해야 한다. 이 중에서도 강연과 교육은 내 생계와 내가 꾸리는 단체의 운영자금, 즉 밥줄이 되는 일이다. 그리고 그때는 마침 '일터괴롭힘'을 주제로 글을 쓰던 때였다. 인터넷에 연재 형식으로 올리는 글과 단행본용 원고를 병행해서 따로 써야 해서 매일 매일 원고 마감이 돌아왔다. 글 쓰고 교육하고 자문하고 집회 다니고 하는 일들의 내용을 만들기 위해 공부도 쉼 없이 해야 한다. 이 틈에 운동 시간을 쑤셔 넣다시피 해야 한다. 과연 할 수 있을까?

강연 요청이 온다. 운동 시간과 겹친다. 선약이 있다는 이유를 대고 일을 받지 않는다. 거절한 후엔 미안하기도 하고, 들어오지 않을 수입과 나가야 할 지출을 계산하니 속도 쓰리다. 하지만 곧 잘했다고 나를 다독였다.

'계속 이럴 건 아니야. 당분간이야, 당분간.'

잘 아는 사이인 사람들에겐 운동을 한다고, 운

동하는 시간을 정해뒀다고, 그러니 그 시간엔 당분간 나에게 아무런 요청도 하지 말아달라고 소문을 냈다. 그러고 나는 운동 시간이 되면 미련 없이 하던 일을 멈추고 자리를 박차고 일어났다.

'계속 이럴 건 아니야.'

미처 다 마치지 못한 일에 뒤통수가 당기고 끝내지 못하고 밀린 일에 죄책감이 쌓여도 몸과의 약속부터 지키기로 했다.

'당분간이야, 당분간.'

어쩌다 몸과의 약속을 지키지 않으면 찌뿌둥함과 가스 찬 배로 즉각 보복이 왔다. 몸이 그렇게 되니 기분도 무겁고 심란해져 '누군가 걸리기만 해봐'란 식으로 불어터진 상태가 됐다.

그러기를 한 달쯤, '두둥실'까지는 아니지만 몸이 조금은 가볍게 뛰고 있다는 느낌이 왔다. 그런데 몸 시계가 너무 정확해졌나 보다. 그날은 일요일이라 운동을 쉬는 날이었다. 매일 운동을 나가는 시간대가 되자 밖에 나가자고 내 몸이 보채는 기분이었다. 가볍게 뒷산을 오르기로 하고 문을 나섰다. '헥헥 헉헉' 숨소리는 '새근새근' 정도로 잦아들었다. '역시 가벼운 게 좋아!' 룰루랄라!! 그렇게 가볍게 정상을 딛고 거의 다 내려왔을 때였다.

꽝. 우지직.

무릎이 내는 소리가 선명히 들렸다. 살얼음을 보지 못하고 미끄러졌다. 간신히 일어서서 엉금엉금 내려왔다. 괜찮겠지 하고 책상에 앉아 일을 다시 시작했다. 무릎에서 심상치 않은 통증이 느껴지기 시작했다. '넘어진 건데 뭐, 괜찮을 거야', 찜질로 버텼다. 괜찮지 않았다. 결국 한밤중에 응급실을 찾았다. 주사바늘로 무릎에서 물과 피를 잔뜩 뽑았다. CT를 찍었고 깁스를 둘렀고 목발을 받았다. 깁스를 한 달 넘게 해야 한다는 통보를 들은 순간 맨 먼저 든 생각은 '내 운동, 어떡해.' 밀린 일보다, 깁스의 불편함보다, 그게 너무 속상했다. 한 달 만에 '운동의 신'이라도 영접한 건가. 그런데 정말 통곡이라도 하고 싶은 마음이었다.

나이스에게 메시지를 보냈다. 아주 오랫동안 운동을 못할 것 같으니 내 수업 시간에 다른 학생을 받으시라고. 답신이 왔다.

"이제 막 좋아지려는 순간인데 안타까워요."

'임마!(샘 죄송), 내가 더 안타까워.'

속으로 울부짖는 마음의 소리 대신 이렇게 다시 답 문자를 보냈다.

"할리우드 영화에서 젤 많이 쓰이는 대사는 I'll

be back이래요. 저도 그렇게 할 겁니다."

　'안 하던 짓 하더니…', 이런 탄식은 전혀 도움이 되지 않았다. '역시 운동은 내 팔자가 아닌가 봐', 이건 더 나쁜 생각이었다. 불행스런 사건이었지만 깁스를 하고 지내는 동안, 나는 운동에 대한 그리움을 엄청 키웠다. 앉으나 서나 무릎을 건드려보며 물었다. '언제쯤 다시 시작할 수 있을까?' 무엇에 그렇게 간절해진다는 것은 나에게는 낯선 감정이었다. 깁스를 풀러 간 날 의사에게 맨 먼저 물은 말 또한 그런 마음에서 나온 것이었다.

　"저 운동해도 될까요?"

　운동을 하다 안 하다 반복하는 친구들을 보면 못된 애인과 '밀당'하는 것 같았다. 해도 괴로워 안 하면 더 괴로워, 하고 나면 피곤해서 다른 걸 할 기운이 없어, 체력 키우려고 운동하는데 운동이 더 피곤해, 시간에 쫓겨, 안 하면 쑤시고 결리고 소화 안 돼…. 밀당은 필요 없다. 사랑에 밀당 따위 필요 없다. 그냥 사랑하면 된다.

　다시 운동을 시작한 날, 막 입학한 새내기의 설렘으로 체육관에 들어섰다. 높은 사다리 위에 올라 전구를 갈고 있던 나이스가 활짝 웃었다. 다시 만나게 돼 반갑다고 했다. 당분간은 살살 걷기만 하라고도 했다. 나는 트레드밀을 시속 3.5킬로미터로 걷는 달팽이로 되돌아갔다. 그러나 아무리 느려도 나는 움직이고 있다. 다시 움직인다는 것이 즐겁기만 했다. 분홍 신을 신고 무대에 오른 발레리나처럼, 운동화를 신고 나는 것 같았다. 나는 뭔가를 몸에 새긴 것이다. 몸에 새긴다! 이 말이 참 좋다.

다이어트, 최선을 다해 잘 먹기

"샘, 약주 하셨어요?"

하루는 나이스의 얼굴이 잔뜩 부었길래 이렇게 물었다. 내 물음에 나이스는 뜬금없다는 듯 답했다.

"약주요?"

"술 드셨냐고요."

"아뇨? 왜 그러세요, 회원님?"

"샘 얼굴이 많이 부어서요."

"정말요? 티 나요?"

"네. 퉁퉁 부었어요."

"아, 간밤에 냉동만두 튀겨 먹고 잤는데…, 이거 프로답지 못하게 죄송합니다."

'뭐가 죄송해, 으흐흐.'

나는 묘한 쾌감을 느꼈다. 저런 프로들도 맨날 닭가슴살과 견과류랑 샐러드만 먹는 게 아니란 걸 알아챘으니 말이다.

운동 세트와 세트 사이, 트레이너와 스몰토크 (small talk)라는 잠깐의 수다를 나눈다. 나이스와 난 주로 먹는 걸로 스몰토크를 했다. 세상은 넓고 먹을 것은 왜 이리 많지? 왜 그 맛있는 걸 다 참고 살아야 하지? 잘 먹어야 한다. 잘 먹고 운동 잘 하면 되지.

그러나 어느 날 나이스가 덜컥 명령을 내렸다. 간식 포함 매 끼니 먹은 것을 사진 찍어 운동 오기 전에 자기한테 전송하라고 했다. 엥? 즐겁게 먹고 살아야 하는데…, 운동을 열심히 하려는 거였지 다이어트는 내 계획에 없었는데? 게다가 나는 먹고 마시는 얘기로 (『심야인권식당』이라고) 책까지 쓴 사람인데?? 나의 연구소는 '술방'이요 나는 그 술방의 '주모'로 불리는 사람인데??? 다이어트라니, 존재의 배반이다.

식습관을 바꾸는 것은 가히 인생의 대전환에 해당하는 사건이다. 내 인생에서는 두 번 큰 전환이 있었다. 한 번은 10여 년 전 고기를 끊은 일이다. 그때까지 나는 매일 저녁마다 하루는 보쌈, 하루는 족발을 시켜 먹었다. 쿠폰을 주는 대신 플라스틱 소쿠리에 배달 음식이 담겨 왔고 그 소쿠리를 스무 개 모으면 보쌈이나 족발을 한 번 무료로 주는 식이었는데 10여 년이 지난 지금도 사무실에 그 소쿠리들이 넘쳐나 자료 정리할 때 쓴다. 배달 음식이 지겨울 때면 삼겹살집에 갔다. 고기를 먹을 때는 절대 쌈을 싸지 않았다. 고기 자체의 맛이 희석(!)되기 때문이다. 사무실 식사 당번일 때면 늘 제육볶음 같은 걸 차려 내놓았다. 고기가 없으면 스팸이라도 구웠다. 해외 단체 연수로 내가 자리를 비운 몇 달 동안 동료들은 '이제 신선하고 가벼운 음식을 해 먹을 수 있다!'며 좋아했다고 한다. 나는 그런 육식주의자였다.

두 번의 광우병 파동을 겪고서 공장식 축산을 다룬 책들을 읽게 됐다. 먹는 것도 못 바꾸면서 세상을 바꿀 수는 없다는, 나름 비장한 결심을 하고는 육식 끊기에 도전했다. 주변에선 '네가 설마' 하며 비웃었다. 당연한 반응이었다. 억울하지도 않았다. 나는 육식 없는 생활에 놀라우리만치 잘 적응했다. 살짝 틈을 둔 게 비결이었다. '절대 안 돼'로 목표를 잡으면 죄책감만 클 것 같아서였다. 덩어리 고기를 먹지 않되 만두 정도는 봐줬다. 그런데 차차 만두소에 든 고기조차 역하게 느껴졌고 자연스레 멀리하게 됐다. 또 하나 여지를 둔 건 닭죽이다. 나에게 큰일이 있는 날, 시험을 친다거나 먼 길을 떠나는 날이면 엄마는 새벽에 일어나 닭죽을 쑤어주었다. 나에게 '내 영혼의 닭고기 수프' 같은 것이 바로 닭죽이다. 그래선지 나도 사람들에게 닭죽 끓여주길 좋아한다. 그렇게 채식주의자인 듯 아닌 듯한 경계에 걸쳐 10년 넘게 살면서 본격적인 고기 요리를 먹지 않는다. 대신 전에는 쳐다보지도 않던 채소류에 입맛을 들였다. 찌개를 먹어도 돼지고기 숭숭 뜬 김치찌개만 먹던 내가 두부만 넣은 된장찌개를 먹게 됐다.

두 번째 전환은 고혈압 선고를 받고서다. 몇 해

전 갑자기 길 한복판에서 코피가 터졌다. 코피는 수돗물처럼 쏟아지며 몇 시간이 지나도 멈추지 않았다. 응급실로 가야 했다. 응급실 인턴은 어찌할 줄 몰라 하다가 새벽 세 시가 다 돼서야 전문의를 호출했다. 그가 무슨 기계로 코 안을 지지고서야 간신히 피가 멈췄다. 혈압이 아주 높다고 했다. 식습관을 바꾸라고 했다. 술을 끊든가 소금을 끊든가, 둘 다 끊든가. 정답은 세 번째, 그러나 불가능하다. 첫 번째만으로도 내겐 너무 가혹하다. 난 두 번째의 약한 버전을 택했다. 모든 음식에서 소금을 줄이자, 되도록 찌거나 데치는 식으로 먹자. 케첩, 마요네즈 등 소스도 멀리했다. 그러나 먹는 게 심심해지니 삶도 심심해져 조금씩 외도가 심해졌다. 오전엔 커피만 내리 석 잔, 점심은 (늘 해장이 필요하니) 얼큰하고 뜨거운 국물, 저녁엔 안주와 술, 이것이 내 식습관이었다. 그리고 일이 잘 안 풀릴 때마다 아주 맵거나 튀긴 것을 찾아 간식으로 먹었다.

그런 나에게 나이스가 세 번째 전환을 선포한 것이다. 매 끼니마다 사진을 찍으라니. 맛집 자랑용 사진과는 달랐다. 내 위장 속을 매일 들여다보는 기분이었다.

맨 먼저 솥단지부터 치워야 했다. 어려서부터 동생들 것 포함해 하루에 도시락 네 개씩 싸고 살림을 한 나는 음식 남는 걸 못 견딘다. 상 치우면서 남은 음식 주워 먹고, 그러고도 남으면 죄다 모아 끓여 먹거나 볶아 먹는 게 습관이었다. 혼자 먹을 때는 늘 솥째, 프라이팬째 놓고 먹었다. 물론 거기 담긴 걸 남김없이 먹어치워야 한다. 그런데 그 솥 그 프라이팬을 사진으로 찍으니 영 아니다. 촬영용으로 솥 대신 접시에 음식을 담았다. '이왕이면 예쁘게 예쁘게.' 어떤 음식인지도 적당해야 하고 얼마나 담을지도 적당해야 했다. 사진 기록을 남기면서 내킬 때마다 먹던 식사를 정해진 시간에 먹게 됐다. 지방에 갈 때도 제때에 먹으려고 도시락을 챙기게 됐다. 시간을 맞춰 먹으니 스트레스 해소용으로 충동적으로 먹는 일이 줄었다. 인스턴트 식품은 아예 사놓지 않았다. 정 먹고 싶을 땐 딱 한 개만 샀다. 냉장고를 비우기 전에는 새 재료를 사지 않았다.

나이스는 아침을 꼭 먹으라 했다. 안 먹던 아침을 먹으려니 밥은 부담스러웠다. 계란 반숙 두 개, 데친 시금치, 호두 한 줌, 사과 한 개가 아침이 되었다. 계란도 시금치도 일주일 치를 주말에 삶고 데쳐뒀다가 아침마다 꺼내 먹었다. 그때그때 세일하는 채소로 시금치를 대신했다. 점심은 잡곡밥과 두부와 김치. 전기밥솥을 안 쓰는지라 무쇠 솥에 여러 날 치 밥을 지어 한 끼 분량으로 나눠 얼렸다.

혼술 문화를 30년 전에 개척한 나는 혼자든 여럿이든 늘 저녁은 밥 대신 술이다. 저녁에는 그때그때 기분에 따라 안주로 만들어 먹었다. 주로 토마토 치즈볶음이나 생선류다. 오징어나 낙지는 볶는 대신 끓는 물에 살짝 데쳐 먹는 쪽으로 바꿨다.

"참, 잘 드시네요."

나이스는 사진을 볼 때마다 탄복했다. 모든 사진에 (사실은 주연인데) 보조 출연하는 술병만 빼면 완벽한 식단이라고 했다. 나이스가 매 끼니 사진을 본다는 것만으로 긴장이 되었다. 되도록 음식이 예뻐 보였으면 싶었다.

다이어트는 칼로리 계산이 아니었다. 밀가루를 끊자, 탄수화물을 줄이자, 이런 식이 아니라 '이걸 먹어보자'로 바꾸니 자연스럽게 다른 건 먹지 않게 됐다. 국물이 대표적이다. 나는 늘 해장이 필요하니 국물을 좋아한다. 그것도 미지근한 건 싫고 펄펄 끓는, 식도가 타들어가고 입천장이 델 정도로 뜨거워야 좋아한다. 나이스는 건더기 위주로 먹으라 했다. 숟가락을 버리고 젓가락만으로 국물 요리를 먹기로 했다.

그리고 얼마 안 가 그조차 멀리하게 됐다. "살아 있는 걸 먹고 싶다"는 영화 「올드보이」의 대사처럼 생생한 재료들을 먹기 시작하자 양념이 과한 음식을 저절로 몸이 거부하게 됐다.

먹는 행위에 대한 생각을 바꾸는 게 중요했다. 남은 음식 청소하기, '처묵처묵', 때운다, 해치운다, 아무거나…. 내가 먹는 행위를 표현하는 데 이런 말들을 더 이상 쓰지 않기로 했다.

다른 변화도 있다. 나는 남을 위해 요리하는 걸 아주 좋아하는 반면 나 혼자 먹는 일에 들이는 시간이 아깝고 그럴 바엔 사 먹는 게 낫다고 여기는 쪽이었다. 이제는 나를 위해 궁리하고 장을 보고 요리하는 그 모든 과정을 중요한 행위로 여긴다.

'운동해도 소용없대. 굶어야 빠진대.'

주변에서 늘 속삭이는 말이다. 인터넷에 넘실거리는 뉴스에 주변 경험담을 얹어서는 자기는 해보진 않았어도 진리처럼 여기는 확신에서들 그런 충고를 한다. 해보니까, 최선을 다해 잘 먹는 것이 다이어트다. 쫓기는 시간, 아쉬운 주머니는 늘 대충 끼니를 때우라고 강요한다. 잘 먹기 위해 챙기는 시간을 아까워한다. 대신 화끈한 특식으로 보상하며 스스로 합리화한다. 먹는 것은 취향이고 습관이고 역량이다. 잘 챙겨서 좋은 것을 먹어야 한다. 나는 '먹지 말아야 한다'가 아니라 '잘 먹자'를 전략으로 택했다. 그렇게 살아갈 것이다.

데드리프트에 성공하다

개같이 구르기, 스트레칭과 마사지, 그렇게 몇 달이 갔다. 스포츠마사지는 서비스인가 했더니 기초 운동으로도 충분히 유연해지지 않는 신체를 이완시켜주기 위해서란 걸 나중에 알았다. 그렇게 몇 달 동안 머신 근처에는 가보지도 못했다. 덤벨, 바벨 같은 것 또한 잡아보지 못했다.

'왜, 나한테는 저런 걸 안 가르쳐주지?'

따질 자격은 없었다. 몸이 충분히 유연해지지 않은 채로 섣불리 그런 걸 했다가는 다치기 십상이라 했다. 소심함보다 만용이 더 무서운 것이라는 경고도 있었다. 그러던 어느 날 나이스가 드디어 나를 머신으로 데리고 갔다. 나에게 데드리프트(deadlift)란 걸 가르치고자 했다. 몇 번 이것저것 시도하더니 나보다 더 진땀을 흘리며 말했다.

"이건 지금 안 되겠네요. 아직 아닌가 봅니다."

그리고 다시 개같이 구르는 체력전으로 되돌아갔다. 나이스는 도화지부터 크게 마련해야 한다고 했다. 도화지가 코딱지만 하면 큰 그림을 그릴 수 없다고, 그러니까 나는 아직 도화지를 장만하는 기초공사가 안 됐다고 했다. 그리고 한 번 더 데드리프트를 시도하고 다시 체력전으로 돌아가는 도돌이표.

그리고 데드리프트 3차 시도. 또다시 기초공사

로 되돌아가지 않으려면 이번에는 반드시 성공해야 한다. 수업 전에 인터넷에서 데드리프트 동영상을 찾아 보고, 머릿속으로 수십 번 시뮬레이션을 했다. 머릿속으로는 엿가락을 들었다 놨다 하는 것만큼이나 쉬워 보였다. 근데 왜 안 되는 거지?

데드리프트는 무거운 바벨을 바닥에서 허벅지까지 들어 올리는 동작이다. 무거워서 힘든 게 아니다. 나는 힘이라면 남부럽지 않다. 엄마가 야단칠 때 자주 하는 말이 있다. "저건, 힘만 세가지곤…." 나는 일이 안 풀릴 때 혼자서 아주 무거운 가구들을 이리저리 옮겨 배치를 바꾸는 게 습관이다. 20킬로그램짜리 전단 뭉치를 어깨에 들쳐 메고 몇 정거장을 걸을 수도 있다. 그런 내가 왜 얼마 무겁지도 않아 보이는 쇠막대기를 제대로 못 드는 거지?

문제는 무게가 아니라 자세였다. 무엇보다 가슴과 어깨를 쫙 편 자세를 유지해야 한다. 허리도 휘거나 무너지면 안 된다. 그러나 꾸부정하게 휜 자세로 살아온 몸을 곧게 펴기란 여간 어려운 게 아니다. 몸은 스프링처럼 제자리로 돌아간다. 바벨을 들어 올리기도 전에 몸이 돌돌 말려버린다. 허벅지 뒤쪽, 엉덩이, 허리, 어디 한군데 비명을 지르지 않는 곳이 없다. 통증 때문에 자세를 잡기는 더 힘들어진다.

"다시! 가슴 펴고!" "다시! 허리 펴고!" 나이스의 구령을 들으면 몸을 팽팽하게 펴보려 하지만 마음과는 달리 곧 다시 돌돌 말려버린다.

"다시!" "다시!" "다시!"

데드리프트 동작을 한 번 할 때마다 빨간 색연필로 쫙쫙 그어진 시험지를 받는 기분이다. 안 되니까 약이 올랐다. '데드리프트'라는 단어 자체가 얄미워졌다. 'dead'가 들어간 거라서 이 모양인가? 말뜻을 찾아보니 '죽을 만큼 필사적인 노력을 요하는 상황'을 가리키는 말이었단다. 또 다른 해석도 있다. 죽은 듯 가만있는 물체를 들어 올림으로써 움직임을 준다는 뜻이라고도 한다. 어느 쪽이 정확한 뜻인지는 모르겠다. 해보니 둘 다 맞는 말이다. 생명 없는 쇠붙이는 내가 힘을 불어넣음으로써 번쩍 날아올랐다 착지하기를 반복한다. 필사적으로 들지 않으면 도무지 해낼 수가 없다.

나이스는 바벨이 얼마나 유용한 물체인지 찬탄을 표하곤 했다. 그냥 100킬로그램 나가는 돌덩이를 들라면 들 수 없지만, 같은 무게를 바벨로 만들어놨기에 인간이 맨몸으로 들 수 있다는 거였다. 막대기 하나를 끼웠을 뿐인데 말이다. 문제는 자세다. 괜히 힘만 쓰다간 운동이 되는 게 아니라 골병이 든다. 나이스는 "진정한 보디빌더는 젓가락 하나를 들더라도 100킬로 들듯이 들어야 한다"고 했다. 몇 번을 들었는지 개수가 문제가 아니다. 몇 개를 채웠느냐가 아니라 한 번을 들더라도 정확한 동작으로 드는 게 중요하다.

가슴 쫙, 허리 쭉, 허벅지 힘 빵빵, 이걸 몸에 새겨야 한다. 이걸 익히면 데드리프트만이 아니라 다른 동작을 하는 데도 죄다 기본이 된다. 허리는 어떤 운동을 하건 무너져서는 안 된다. 이 자세와 몸 쓰기가 몸에 익어야 다른 동작들도 시도할 수 있다.

무거운 걸 들어 올릴 땐 자기 한계를 느끼는 게 중요하다. 자기 힘의 최대치를 끌어올려야 한다. 그러면서도 더 했다간 무리일 것 같은 순간을 빠르게 판단해야 한다. 그리고 겸허히 인정해야 한다. 무리하게 들려다간 바벨을 놓쳐 발등을 찍을 수도 허리가 나갈 수도 있다. 더 할 수 있을 것 같기도 하고 무리인 것 같기도 한, 그 애매한 짧은 순간에 자기 역량에 솔직해지는 것, 도전할 줄 알면서도 물러설 줄 아는 것! 아, 지금 나는 도 닦는 연습하는 건가.

'무슨 운동 해요?' 질문 받을 때마다 '헬스요' 답하면 상대방이 뻔하다는 인상을 받는 걸 느끼곤 했다. '아! 살빼기?' '몸 만들기' 이런 식의 반응이다.

'스스로의 몸을 성형하고 개조함으로써 자신의 존재를 자발적으로 조에(단순한 생존)로 축소시킨다.' 몸만들기에 더해지는 이런 비판도 책에서 많이 읽었다. 실은 평소 내 생각도 크게 다르지 않았다. 그러니 헬스를 한다고 말할 때마다 자격지심 때문에 부대끼곤 했다.

그러나 데드리프트 이후로는 그런 감정이 싹 사라졌다. 나이스는 내 몸의 '바로 그 부위'에 내 머리를 심고 움직이라 했다. 쫙쫙, 쭉쭉, 빵빵. 정확한 부위에 생각을 보내고 움직이기라….

'바로 이 느낌이야!'

드디어 빨간 색연필로 커다랗게 동그라미를 친 순간이 왔다. 이때의 감각을 기억해야 한다. 옆에서 봐주지 않더라도 내 몸 어느 부위에 어떤 느낌이 오는지 스스로 알아야 한다. 나이스는 내가 운동을 하고 나면 통증이 느껴지는 부위가 어딘지 나에게 물어보고 확인했다. 근육통은 내가 제대로 동작을 취했는지를 확인하는 잣대다. 과녁으로 삼은 위치가 아프지 않고 엉뚱한 곳에서 통증이 느껴지면 자세가 틀렸기 때문에 그런 것이라고 했다.

나는 이걸 내 방식으로 이해했다. 글을 쓸 때 '은/는, 이/가'라는 조사 중 어떤 걸 쓰느냐에 따라

문장의 느낌이 미묘하게 달라진다. 조사를 잘못 썼을 때는 내가 전달하려던 것과 전혀 다른 느낌이 전달되곤 한다. 나는 '지금 취하려는 자세가 조사 고르기처럼 까다로운 것 같다'고 했다. 나이스는 맞장구쳤다. "맞아요. 글 쓸 때 조사가 중요한 것처럼 운동할 때도 조사를 중요하게 여기세요."

지구를 버티듯, 체스트프레스

피트니스라 하면 온라인에서나 일상의 수다에서나 사람들이 가장 흔하게 언급하는 것이 있다. 스쿼트다. 허벅지 근력을 강화하는 데 좋고 뭐니 뭐니 해도 미용에 효과가 좋다고들 해서 많이들 관심을 가지는 바로 그 운동이다. 꼭 체육관에 가지 않더라도 언제고 어디서고 할 수 있는 운동이기 때문에 인기가 있는 것 같기도 하다. 주변엔 스쿼트에 대한 경험담이 넘친다. 단어에 대한 오해도 있다. 내가 아는 어느 선생님은 자기 트레이너가 스쿼트를 늘 '스커트'라고 발음한다고, "'치마'로 뭘 한다는 거지?"라고 내게 물어보기도 했다. 자세가 안 나와서 벽에 등을 대고 벌서듯 하기도 많이 한다. 스쿼트는 (다들 잘 알 테니 간단하게 말하면) 쪼그려 앉았다 일어나는 동작이다. 엉덩이를 한껏 뒤로 빼고 허벅지에 잔뜩 힘을 줘 사타구니에 자극이 와야 한다. 정확한 부위에 힘을 주면 세게 꼬집히는 것과 같은 감각이 온다.

그런데 나에게는 스쿼트를 제친 최고의 관심사가 있다. 체스트프레스(chest press)다. 피트니스를 하면서 나는 오랫동안 이 운동을 선망의 대상으로 바라봐왔다. 남들이 체스트프레스하는 걸 보고 있으면 폼이, 아니 이렇게 말해야 한다, 속칭 '뽀다구'가 나는 운동이다. 체스트프레스? 이름은 몰라도 누구나 아는 바로 그 운동, 누워서 바벨 밀어 올리기다. 평평하고 긴 의자에 드러누워 하는 것도 있고 비스듬하게 뒤로 기울어진 의자에서 몸을 기대고 하는 인클라인 체스트프레스도 있다.

나한테 체스트프레스가 왜 멋져 보이는가 하면, 힘을 줄 때 가슴과 양팔 근육이 부풀어 오르는 것이 딱 움직이는 조각상을 감상하는 기분이 들어서다. 다비드 상이 누워서 가슴을 으쓱으쓱 하는 것 같다. 물론 잘하는 사람을 볼 때에만 해당하는 얘기다.

체스트프레스는 실제로 아주 힘든 운동이다. 바벨을 밀어 올리는 것 자체가 쉽지 않기도 하거니와 가슴에 제대로 힘을 주기가 어렵기 때문이다. 운동을 하다가 누가 무게를 왕창 올려 잔뜩 씩씩거리고 있으면 슬쩍 돌아보게 된다. 얼굴에는 인상을 잔뜩 쓰고 있지만 정작 가슴에는 전혀 힘이 들어가 있지 않은 경우가 많다. 어깨나 팔 같은 데는 힘주는 게 익숙하고 쉽게 느껴진다. 익숙한 힘으로, 더 무겁게 무겁게 밀어 올리고 있는 것이다. 나이스는 내내 체스트프레스는 '어깨가 아니라 가슴'이라고 외쳤다.

가슴에 힘을 준다니, 나에게는 도무지 해석할 수 없는 외국어 같았다. 가슴에 힘을 준다는 것이 조절이 되지가 않았다. 바벨을 끼우지 않은 샤프트(쇠막대기)를 드는 것인데도 그랬다. 내겐 귀를 움직이는 것과 마찬가지로 어려운 일이었다. 인간은 귀를 자기 뜻대로 움직일 수 없다. 간혹 귓불을 자유자재로 움직이는 인간이 있다고 하는데, '세상에 이런 일이'에나 등장할 일이다. 내게 가슴 운동은 귓불을 움직이는 것처럼 불가능했다. 가슴 운동은 매번 어깨 운동이 돼버렸다.

나는 속으로 노래를 불렀다. '쩨쩨하게 굴지 말고 가슴을 쫙 펴라'를 바꿔서 '가슴에, 불끈, 힘! 줘라!' 바벨을 밀어 올릴 때마다 노래로 나를 응원했다. 누웠을 때 허리가 의자에 딱 붙지 않고 살짝 뜨도록 활처럼 버텨야 하고, 어깨를 으쓱거리지 말아야 하고, '로봇 태권브이'의 가슴에서 로켓이 발사되듯 가슴 힘으로 바벨을 밀어야 한다. 데드리프트를 고전하며 배운 감각 때문인지, 가슴 운동은 예상보다는 더 빨리 그 느낌에 도달할 수 있었다. 체스트프레스의 감각을 익히고 나서는 나 혼자 운동할 때 가장 즐겨 하는 운동이 됐다. 체스트프레스를 하면 묘한 해방감이 느껴지기 때문이다.

가슴 운동은 여자에겐 별 필요 없는 운동이라는 말이 많다. 아니면 반대로 가슴선이 예뻐지는 운동이라는 말도 있다. 여자에겐 필요 없다, 여자 가슴이 예뻐진다, 어느 쪽도 듣기 싫은 말이다. 꼭 엄마가 옆에서 잔소리하는 것 같다. 엄마는 늘 나에게 여자애가 왜 그렇게 가슴을 떡 젖히고 다니느냐며, '얌전하게 숙이고 다녀!'라고 타박했다. 얌전하지 못하다는 말, 몸가짐이 조심스럽지 못하다는 지적이 영 싫었다. 가슴을 마음껏 젖힐 수 있다는 해방감, 내가 체스트프레스를 좋아하는 이유다.

체스트프레스를 좋아하는 이유는 또 있다. 내 힘을 제대로 느낄 수 있기 때문이다. 체스트프레스를 하면서 '힘 좋다'는 말을 자주 들었다. 나는 그 말이 그렇게 듣기 좋을 수가 없다. 같은 힘을 쓰더라도 무거운 바벨을 바닥에서부터 들어 올리는 데드리프트와 누워서 번쩍 밀어 올리는 체스트프레스는 그 기분이 다르다.

체스트프레스를 하다 보면 하늘을 떠받친 헤라클레스가 된 느낌이다. 그리스 신화에서 하늘을 떠받치는 건 원래 거인 아틀라스의 역할이다. 아틀라스는 제우스에게 패했기에 하늘을 떠받치는 벌을 받는다. 헤라클레스는 황금 사과를 구할 작정으로 잠시 아틀라스 대신 하늘을 떠받친다. 형벌로써 아틀라스가 하늘을 지는 고역과 헤라클레스가 자발적인 목적으로 하늘을 지는 것은 다르다. 세상사에서 짊어져야 할

비자발적 고역과 자발적 수고의 차이, 매번은 아니더라도 나는 되도록 헤라클레스처럼 하늘을 지고 싶다.

샤프트만을 들다가 바벨을 조금씩 추가해 무게를 올렸다. 그럴 때마다 내가 이 무게를 버티지 못하면 하늘이 무너진다는 상상을 한다. 버텨야 한다. 하지만 가끔은 느낌이 온다. 아아! 하늘도 무너지는구나! 아아!! '하늘이 무너지면' 자칫 바벨에 깔릴 위험이 있다. 그렇게 하늘이 무너질라치면 나이스가 곁에서 바벨을 잡고 버텨줬다.

나이스는 늘 자기가 나를 보고 있고 위험하면 잡아줄 거라고 했다. 그리고 그걸 '각성'이라고 했다. 자기가 주의 깊게 살피고 경계하고 있으니 믿으라는 말이었다. 신뢰 속에서 더 큰 힘을 발휘할 수 있다고도 했다. 근데 쉽게 믿긴 힘들다. 한순간에 하늘이 무너질 것만 같다. 난 '각성'하고 있는 나이스를 믿고, 나는 내 힘을 늘 '각성'해야 하고, 하늘을 버티는 건 결국 나에게 달렸다.

체스트프레스가 몸에 익어갈 즈음, 농사짓는 후배네 집에 주말에 가끔 내려가 일손을 돕곤 했다. 그리고 역기 드는 얘길 자랑 삼아 했다. 그런데 후배는 정말 안타까운 표정을 지었다. '아깝다'는 것이다. 그 힘을 왜 거기다 쓰느냐고, 여기 오면 들어 올릴 게 정말 많다고 말이다. 자기는 역도 선수 장미란을 볼 때마다 그 힘을 딴 데 썼으면 좋겠다고 생각했단다. 늘 일손이 아쉬운 처지에서 나온 서글픈 농담이었다. 농사일뿐이랴. 힘을 써야 할 일은 차고 넘친다. 그리고 죄다 중요한 일이다. 그러나 그건 어디까지나 일이다.

아틀라스처럼 일로 힘을 쓰는 것만이 아니라, 헤라클레스처럼 쓰는 힘도 필요하다. 일이 아닌 데다 에너지를 들이는 것, 사람들은 그런 것을 가리켜 흔히 사치라 한다. 그러나 어디 삶이 필수품만으로 이루어지는가. 살아가려면 간혹이라도 사치품이 필요하다. 여유와 틈을 '사치'라고 낙인찍은 건 아닐까. 그렇게 사치라는 말은 '분수를 지켜라' 하는 말로도 바뀌어 우리 삶을 단속하고 있는 것은 아닐까. 필요해서가 아니라 즐거워서 힘을 쓰는 일이 사치라면, 난 내 힘을 하늘을 들어 올리는 데 쓰는 사치를 마음껏 부릴 것이다.

벤허처럼 혹은 뽀빠이처럼

인간에게는 앞뒷면이 있다. 인격이 그렇듯 몸에도 양면이 있다. 그러니 가슴만이 아니라 등에도 운동이 필요하다. 등 운동에는 노 젓기를 활용한 동작이 많다. 바를 잡아당기면서 날개 뼈를 힘껏 모아야 한다. 이 동작을 할 때마다 갤리선을 떠올리곤 한다. 노 젓기는 원래 죄인이나 노예의 일이었다. 특히 군함에서는 전력을 기울여야 할 거친 전투 중에 노예와 죄인이 너무 힘들어 도망칠까 봐 쇠사슬을 목과 발에 채워놓고 노를 젓게 했다고 한다.

고전 영화 「벤허」에도 그런 장면이 있다. 친구의 농간으로 귀족에서 하루아침에 갤리선의 노예 신세가 된 벤허는 살기 띤 눈으로 노를 젓는다. 어느 날 큰 전투를 앞두고 로마의 장군이 배의 전투력을 점검하러 온다. 배에서는 망치 같은 걸로 내려치는 북소리에 맞춰 노 젓는 속도를 조절한다. 장군은 그 템포를 점점 더 빠르게 하라고 명령한다. 병약한 노예들이 여기저기서 하나둘 쓰러진다. 벤허는 장군을 노려보며 끝까지 버티고 노를 젓는다. 벤허의 등 근육은 그야말로 포효하는 '짐승'의 것 같다. 그런 벤허가 마음에 들어서였을까, 장군은 부하에게 은밀히 명령한다. 저 노예의 쇠사슬을 몰래 풀어놓으라고. 그리고 장군은 벤허에게 한마디 말을 남기고 자리를 뜬다. "잘해!

죽지 말고.”

이윽고 전투가 시작되고, 다른 배와 충돌했는지 선실이 갈라지고, 그 틈으로 물이 밀려들어온다. 쇠사슬이 풀려 있던 벤허는 살아남아 뗏목 위에 올라탄다. 그리고 패장이 된 줄 알고 스스로 목숨을 끊으려던 장군을 구해낸다. 그리고 나서 벤허는 장군에게서 들은 말을 되갚는다.

“잘해! 죽지 말고!”

나이스에게 등 운동 열심히 하면 나도 짐승의 등을 갖게 되느냐고 물어봤다. 너무나도 솔직한 대답이 돌아왔다.

“회원님은 아무리 열심히 해도 그렇게 될 일은 없을 거예요.”

그럼 도대체 왜 하지? 구부정한 등이 꼿꼿해질 거라 했다. 그래, 그게 어디야. 등이 꼿꼿해지는 게 내겐 살 길이다.

노 젓기는 정말 힘들다. 그러니 노예와 죄인의 몫이었겠지. 나를 채근하는 북소리가 환청처럼 들린다. ‘잘해! 죽지 말고!’라는 대사도 노를 저을 때마다 들려오는 듯하다. 나이스는 로마 장군이 됐다가 북잡이가 됐다가 한다. 한 세트만 노를 젓고 나도 등줄기에는 땀이 폭포처럼 흐른다. 그러나 이때의 느낌은 고통이 아니다. 그야말로 시원한 '쾌(快)'다. 인간은 어찌나 신기한지. 노예가 하는 것과 똑같은 행위, 그 고통스러운 행위를 실컷 하고서는 쾌감으로 느낄 줄 아니 말이다.

등 운동으로 노 젓기에 버금가는 동작이 있다. 철봉 매달리기다. 턱걸이와 비슷하다. 나는 턱걸이를 할 역량은 안 되니 밑에 지지대를 밟고 철봉에 매달린다. 등 근육을 힘껏 모아 철봉에 매달렸다가 버티면서 아주 천천히 내려오는 동작이다. 내려올 때 오래오래 버텨야 등이 빵빵해진단다. 동작을 제대로 하면 날개 뼈가 모였다 늘어났다 하고 있음을 느낄 수 있다.

뭐든 안 그렇겠는가만 처음이 가장 힘들다. 더욱이 나는 매달리기에 엄청난 공포마저 있다. 중고교 시절, 나는 체력장을 몹시도 싫어했다. 어느 종목 하나 내가 해낼 수 있는 게 없었기 때문이다. 특히 매달리기는 초시계를 든 감독 선생님이 '시작'을 외침과 동시에 '땡' 하고 떨어졌다. 늘 0초였고 늘 0점이었다. 나이스가 처음 철봉에 매달리라 했을 때 그 순간들이 생생하게 떠올랐다. 이건 도무지 못하겠다고 했다. 그런데 웬걸, 하고 또 하다 보니 연속으로 열여섯

번까지 성공하게 됐다.

"회원님, 중학생 때보다 몸이 더 좋아지셨나 봐요."

나이스의 말에 기분이 좋아진다. 중학생 때보다 더 좋아졌다! 그때보다 아는 건 분명 더 많아졌다. 그와 달리 몸이란 뒤로만 가는 건 줄 알았다. 그런데 몸의 역량도 달라질 수 있다니…. 퇴화된 날개가 새로 돋기라도 한 건가.

동료들은 내 운동이 얼마나 진척되고 있는지를 확인하려는지 가끔 내 팔뚝을 만져본다. 그러고는 말한다.

"에이- 뭐야, 말랑말랑하잖아?"

그럴 때 나는 "허- 참!" 하고 나서는 스윽, 뽀빠이처럼 자세를 취하고 팔에 힘을 준다.

"다시 만져봐."

"어? 단단하네!"

아직도 내 팔뚝은 별것 아니다. 그래도 지금만한 단단함을 얻기까지만 해도 얼마나 공력이 들었는지 모른다. 생각과 달리 근육은 단단한 게 아니라 평소엔 말랑말랑하단다. 나이스처럼 운동으로 다져진 몸도 그렇다고 했다. 나이스의 친구들도 보디빌더인 나이스의 몸을 여기저기 찔러보고는 말랑하다며 실망한다고 한다. 힘을 줘야 단단해진다(물론 근육이 있을 때 얘기다.) 팔 운동에 돌입하던 첫날 나이스가 내 팔을 만져보더니 그런다. "모찌모찌네요?" 찹쌀떡처럼 몰랑몰랑하다는 말이다. 근육은 말랑하더라도 탄력이 있다. '모찌모찌'는 그냥 물로 된 살이다.

덤벨로 하는 팔 운동은 동작은 간단하다. 쉬운만큼 역시나 복병이 있다. 지루하기가 이루 말할 수없다. 이두와 삼두를 번갈아 하는데 지루함은 이쪽이나 저쪽이나 똑같다.

어릴 적 아주 매우 싫어했던 TV 만화 '뽀빠이'가 생각났다. 털보 악당 브루투스가 틈만 나면 뽀빠이의 연인 올리브를 해치려 한다. 그때마다 올리브는 무력하게 비명만 지른다. "도와줘요. 뽀빠이!" 뽀빠이는 시금치 한 통을 콸콸 한입에 털어넣고는 괴력을 발휘해 브루투스를 물리치고 올리브를 구한다. 매 회 그런 식이 한없이 반복되는 만화다. 어찌나 재미가 없었던지 아이들에게 억지로 시금치를 먹이려고 만든 만화라는 말이 있을 정도였다. 그 말을 또 우리는 거의 믿었다. 그만큼 재미라고는 도무지 찾을 수 없었다.

단 하나, 우리의 관심을 끈 건 만화라 과장이 되

어서 그렇기도 하지만 엄청나게 굵은 뽀빠이의 팔뚝이었다. 아이들은 뽀빠이 폼을 잡고 알통 크기 시합을 하곤 했다. 그때의 우리는 운동을 해서 알통을 키우는 건지 몰랐기에 억지로 힘을 주느라 오만상을 쓰곤 했다.

팔 운동은 그런 뽀빠이 만화보다 더 재미가 없었다. 지루한 반복의 지겨운 연속이다. 게다가 근육을 단련하려고 마음먹었다면 이 운동을 거르지 않고 자주 해줘야 한다. 그 지루함을 버텨야 모찌모찌가 알통이 되고, 힘주면 단단해지는 근육이 된다. 공부 또한 즐거움을 느끼게 되기까지 기나긴 지루함의 시간을 견디는 훈련이 필요하다. 기역, 니은, 디귿, a, b, c, 한 자 한 자 익혀서 단어를 이해하고 문장을 만들고 어려운 텍스트를 술술 읽고 판단하고 재구성할 수 있게 되기까지, 지난한 기간과 과정이 필요하다. 팔 운동을 하다 보니 내가 평생 공부를 해온 느낌과 비슷한 점이 있다고 여겨졌다.

내 느낌을 나이스에게도 전했다. 그때 그의 눈에서는 감동의 빛이 스치는 것 같았다. 나이스는 이 운동을 정말 사랑하는 사람이다. 그런 나이스는 나의 말을 자기 운동에 대한 일종의 '헌사'를 받았다고 해석한 것 같았다. 사실이다. 지루하고 지난한 시간과

과정을 거쳐 내 등과 팔뚝에 힘차게 노를 젓는 뽀빠이
가 자리를 잡았으니 말이다.

몸한테 혼나기 전에

다른 말은 잘 안 들어도 운동 선생님 말은 잘 듣기로 소문난 내가 유독 잘 듣지 않는 말이 있다. 준비 운동과 정리 운동을 하라는 말이다. 준비 운동과 정리 운동이 본 운동만큼 중요하다고 아무리 강조해도 요리조리 빼먹기 일쑤다. 본 운동, 즉 격심하고 힘 빡세게 쓰는 운동엔 열을 기울이면서 스트레칭처럼 살살 하는 운동은 대충 넘긴다. 귀찮음, 하찮음, 건너뜀의 트라이앵글이 작동한다.

"회원님, 10분만 일찍 오시면 되잖아요?"

나이스는 자주 그렇게 말하곤 했다. 백번 맞는 말이다. 그러나 10분 먼저 자리 털고 일어나는 게 그렇게나 힘들다. 어찌어찌 하다 보면 수업 시작 시간에 딱 맞게 간신히 체육관에 도착한다. '빼먹지 않고 온 게 어디냐' 하는 자만으로 말이다.

"준비 운동 하셨어요?"

분명 들었건만 나는 대답 대신 딴청을 부린다. '에휴' 하는 한숨이 들리고 이어서 들리는 말, "5분 정도 러닝머신 타고 오세요." 그만큼 본 운동 시간을 갉아먹는다. 나만 그런 건 아닌 것 같다. 준비 운동을 왜 안 했느냐고 지적 받는 다른 회원이 있길래 들어보니 그는 당당하게 대꾸한다.

"저, 10분 일찍 왔는데요?"

일찍 오긴 한 거 같은데 와서 준비 운동 하지 않은 것 또한 내가 봤다. 학창시절에 '나 좋으라고 공부하라고 하니? 너 좋으라고 하는 거지' 하는 지청구를 듣는 상황이 그대로 체육관에서 재현된다.

하도 준비 운동을 안 하려고 하니 나이스는 한동안 수업을 시작하기 전에 아예 몸 푸는 시간을 따로 두기도 했다. 그렇게 준비 운동을 피하고 무시하던 내가 결국 사무실에서 가방을 둘러메고 나서는 시간을 앞당겼다. 억지로나마 준비 운동을 하면서 몸을 덥히고 기름을 칠하는 게 필요하다는 걸 몸이 차차 알게 됐기 때문이다. 준비 운동을 하고 나면 몸에서 슬슬 열이 나기 시작한다. 기름칠한 기계처럼 삐그덕거림 없이 움직일 것도 같다. 말 그대로 워밍업이다. 워밍업은 5분 정도 걷는 데서 10분을 빨리 뛰는 것으로 발전했다.

여전한 복병은 정리 운동이다. 격한 운동을 하고 난 후에는 스트레칭으로 마무리하거나 마사지를 해줘야 한다. 그러나 후다닥 짐 싸기 바쁘다. 운동 관련 어떤 기사에건 정리 운동을 해야 통증이나 근육의 뭉침 현상을 막고 피로도 회복된다고 친절하게 쓰여 있다. 그건 이론이다. 결승선을 통과한 달리기 선수가 지쳐 드러눕거나 환희의 세러모니를 하지, 정리 운동하는 것 봤는가? 내 심정이 그렇다. 사이클까지 마치고 기진맥진 자전거에서 내려서면 결승 테이프를 끊은 기분인데 또 뭘 하겠는가.

게다가 운동의 과정마다 나는 땀 냄새가 다르다. 워밍업을 할 때는 땀이 송글송글 맺히고 샴푸 냄새 같은 게 난다. 본 운동을 할 때는 땀이 폭포처럼 쏟아지는데 그 땀에선 간밤에 내가 먹은 것들의 냄새가 나는 듯하다. 정리 운동을 할 때는 땀이 식어가는 쉰내를 맡아야 한다. 이 쉰내를 맡기가 그렇게 싫다. 쉰내를 맡는 대신 내 몸의 땀 냄새를 얼른 지우고 싶어 정리 운동을 건너뛰고 샤워실로 돌진한다. 하도 안 하니 나이스는 정리 운동 하고 나서 검사 받고 가라는 지시를 내리기도 했다. 그러나 샘이 다른 수업에 여념이 없는 걸 빤히 아는지라 나는 얼마든지 그대로 내뺄 수 있었다.

워밍업은 미리 장을 봐두는 것과 같다. 냉장고가 텅 비어 있고 손질해놓은 먹거리는 없는데 배가 고프면 아무 배달 음식이나 일단 지르게 된다. 그리고 막 먹게 된다. 워밍업을 하면서 차오르는 숨을 느끼고 내 몸 어디가 뻣뻣하고 어디가 삐걱거리는지를 알아야 한다. 그래야 무리하지 않고 그날의 미션을 수행할 수 있다. 이 과정을 대충 해치우면 폭식을 하듯 몸을 부리게 된다.

　그럼 정리 운동은? 잘 먹은 후에 상 치우기 같은 게 아닐까? '아 귀찮아, 내일 치우자' 이러고 자고 나면 다음 날은 지저분함과 피곤함, 후회로 시작하게 된다. 오늘 먹은 상은 오늘 치우기, 잘 알면서도 매번 맞닥뜨리는 귀찮음과의 대결도 정리 운동과 닮았다.

　꼭 정리 운동으로만이 아니라 스트레칭은 늘 필요하다. 내 몸의 문제는 과체중과 운동 능력 부족만이 아니다. 좌우 대칭이 심각하게 어그러져 있다. 책가방을 둘러메기 시작한 이후로 평생 한쪽으로만 가방을 맸다. 맨눈으로 봐도 어깨가 한쪽으로 기울어져 있다. 게다가 한쪽 손만 과하게 사용하고 다른 한쪽 손은 턱을 받치는 나쁜 습관이 있다. 자판을 두드릴 때가 아니면 책이나 화면을 볼 때 늘 턱을 괴고 있다. 그러니 허리도 삐딱하게 한쪽으로 기울었다. 어떤 운동을 하건 힘을 주는 것도 끝까지 밀어붙이는 것도 한쪽 어깨나 팔은 다른 한쪽을 따라가지 못한다. 균형을 잘 잡지 못해 뒤뚱거림도 심하다.

　좌우 비대칭을 해결하기 위해 나이스는 자주 나를 벽에 붙여놓았다. 월슬라이드(wall slide)다. 머리와 등을 벽에 딱 붙이고 서서 손도 벽에 붙인 자세를 유지하거나 팔을 올렸다 내렸다 하는 동작이다. 벽에 붙어 있을 때면 실험실 청개구리가 된 느낌이다. 가만있는 것인데도 몇 분 버티고 있는 것만으로 사지가 해부당하는 것 같다. 이것 말고도 나이스는 책걸상을 이용한 동작, 기둥을 이용한 동작 등 여러 가지 스트레칭 동작을 가르쳐주며 틈날 때마다 하라 했다. 습관을 조정하라고도 했다. 평생 안 매던 쪽으로 가방을 들게 했다. 물 마실 때도 평소 안 쓰던 손으로 마시라 했다. 한마디로 대단한 운동보다도 평소에 틈틈이 신경 쓰는 게 중요하다는 거다.

군이 새로 배운 동작을 하지 않더라도 어린 시절부터 해온 '국민체조'란 게 있지 않은가. 웬만한 스트레칭 동작을 누구나 이미 꽤 많이 알고 있다. 목을 좌우 앞뒤로 굽혔다 펴기, 목 돌리기, 옆구리 늘리기, 몸통 뒤로 젖히기, 무릎 굽혔다 펴기, 다리 벌리고 상체 굽혀 반동 주기…. 문제는, 그렇다, '평소에 틈틈이'를 잘 못한다는 거다.

스트레칭을 게을리하면 혼쭐이 난다. 누구에게 혼쭐이 나느냐, 내 몸이 나를 혼낸다. 근육이 뭉치고 쥐가 나고 몸이 안 굽혀진다. 그렇게 몸한테 혼쭐이 나고서야 스스로 스트레칭과 마사지를 하게 된다.

그렇게 혼나고 나면 동네 뒷산에는 안 가면서

비행기 타고 먼 곳의 언덕을 찾아간 경험이 떠오른다. 유명한 언덕이라고 해서 일부러 찾아가 비싼 전차비까지 내고 올라갔더니만, 동네 뒷산에서 보이는 경관만 못했다. 꽃구경도 못 갔다며 한탄하던 어느 날에는 잠깐 짬을 내 산책하다가 뒷산에 흐드러지게 핀 꽃을 보며 '이렇게 지척에 장관을 놔두고 무슨 꽃구경?' 했던 적도 있다. 내 몸에 필요한 건 에베레스트를 정복하는 것 같은 빡센 운동, 그리고 그 성취감이 아니라 뒷산을 실실 마실하듯 몸을 길들이는 운동, 그리고 그 호젓한 변화가 아닐까.

복근 운동과 유산소 운동,
지루한 삶과 같아라

지겨운 것이 팔 운동만이라면 좋으련만, 지루함으로는 팔 운동과 막상막하 쌍두마차가 있다. 본 운동을 끝내고 해야 하는 복근 운동과 유산소 운동이다.

한 주를 마감할 때마다 나는 긴장해야 했다. 나이스가 야릇한 미소를 지으면서 복근 운동 세트 수를 늘렸기 때문이다. 재판정에서 판결을 내리듯 '네 뱃살을 복근 운동 몇 세트에 처한다'고 선고하는 것이다. 나이스는 내 배에 '왕(王)' 자를 새기고야 말겠다고 했다. 꿈도 야무지셔라. 난 속으로 이렇게 대꾸했다.

'샘! 왕 자는 이미 있는데요. 그게 평지에 있는 게 아니라 언덕 아래 묻혀 있을 뿐이라고요.'

내가 매일 번갈아 해야 하는 복근 운동은 세 종류다. 누워서 자전거를 타는 듯한 자세로 하는 윗몸 일으키기 바이시클매뉴버(bicycle maneuver). 역시 윗몸일으키기의 변형인 크런치(crunch), 이건 다리를 기구에 걸고 윗배에 양손을 대고 일어나는 거다. 그리고 누워서 다리를 쭉 편 채 그대로 쫙 들어 올리는 레그레이즈(leg raise)다. 하루는 윗배, 하루는 아랫배가 찢어지는 고통을 번갈아 느낀다. 요것들 전부다, 옆에서 하는 걸 보면, 보기에도 듣기에도 별로인 운동이다. 뱃살과 씨름하는 모습이 보기에 좋을 리 없거니와 끙끙대는 소리를 내지 않을 도리가 없다.

근력 운동을 하면서 힘줄 때 내는 소리와는 차원이 다른 소리가 난다. 그래서 나는 처음에는 남 보이는 데서 복근 운동을 하는 것조차 창피했다. 요가실 한쪽 구석에 짱 박혀 매트리스를 깔고 은밀히 했던 적도 있다. 물론 지금은 그러지 않는다. 내 몸이 필요해서 하는 운동이고 내 몸이 생긴 대로 하는 운동이다.

한번은 후배들과 며칠 여행을 가게 됐다. 나이스는 여행 잘 다녀오라면서도 떡하니 짐 하나를 얹었다. "딴 건 못해도 복근 운동은 거기서도 하세요." 난 아주 착한 학생, 매일 아침 일어나자마자 호텔 바닥에 타월을 깔고 누워 정해진 세트 수를 채웠다.

"진정한 체육인이시네."

눈 부비며 일어난 후배들이 그 광경을 보고는 웃으며 이렇게 말했다(그중 한 명은 나 때문에 몇 달 전 헬스를 시작했고, 한 명은 여행에서 돌아오자마자 헬스장에 등록했다.)

야심차게 헬스장에 등록했다가 얼마 못 가서 그만두는 동료들 얘기를 들어보면, 시간이 없고 체력이 달린다는 문제도 크지만 지루해서 못 해먹겠다는 경우가 많다. 수영 혹은 구기운동처럼 뭔가 역동적인 재미가 없다는 것이다. 나도 백번 동의한다.

'삶도 지루한데 운동도 지루하게? 싫어!'

그런데 그 지루함이 반전이 되기도 한다. 나는 운동신경이 아주 둔한 사람이라 할 줄 아는 운동이라 곤 하나도 없다. 미련할 정도로 꾸준히 버티는 건 잘 한다. 느리더라도 자기 속도로 자기가 할 수 있는 만 큼 묵묵히 갈 수 있다는 데 피트니스의 매력이 있다. "어리석은 자가 그 어리석음을 고집하다 보면 현명해 진다"는 윌리엄 블레이크의 시구처럼 말이다.

삶이 지루하다 해서 늘 익사이팅한 경험을 만들 고 매일 여행을 떠날 순 없지 않은가. 살아가려면 늘 고만고만한 일상과 맞물려 돌아가는 소소한 성취에 서 기쁨을 찾을 줄 알아야 한다. 피트니스의 지루함 은 삶의 그런 모습과 닮아 있다. 피트니스의 문제라 면 잘하게 될수록 복근 운동 세트 수가 늘어나는 것처 럼 오히려 할 게 더 늘어난다는 점이다(아차, 삶도 그 런가. 삶에서도 뭔가를 잘할수록 더 많은 책임이 따르 게 되는 것 아닌가.)

나이스는 피트니스를 군대에서 배우고 시작했 다고 한다. 군대에선 축구가 최고 아니냐 했더니 자 기는 축구가 질색이었다고 한다. 그러고 보니 축구도 떼로 하는 것이다. 집단생활에서 잠시나마 떨어져 나 와 구석진 체육관에서 나이스는 혼자 묵묵히 시간을 죽였을 것이다. 그렇게 시간을 죽이면서 자기의 살아 있음을 찾는 반전이 '군대 헬스'에 있지 않았을까?

　　복근 운동 세트 수를 채우고 난 다음은 운동의 마지막 코스, 유산소 운동이다. 자전거로 향한다. 안장을 내 키에 맞추고 레벨을 3단으로 조정하고 안장에 오른다. 안장에 올라타는 심정은 자못 비장하다. 너무나도 힘들어서 중간에 내려오고 싶은 마음이 굴뚝같기 때문에 안장에 오를 때마다 비장해지지 않을 수가 없다. 나는 러닝머신이라 부르는 트레드밀을 싫어한다. 상체가 과중한 탓에 (그리고 넘어지기까지 한 탓에) 무릎 상태가 썩 좋지 않아 그렇기도 하지만, 전기를 써서 돌리는 움직이는 길 위를 걷거나 뛰고 싶지 않아서기도 하다. 자전거 타기는 무릎에 무리가 덜 가서 좋고 스스로 페달 밟는 힘으로 굴러가서 좋다.

　　자전거 타기가 좋은 이유는 또 있다. 자전거를 타면서는 책을 읽을 수 있기 때문이다. 체육관에 오는 사람들은 대개 TV나 휴대폰 동영상을 보면서 운동을 한다. 컴퓨터 모니터를 끼고 살아야 하는 나는 체육관에서만큼은 모니터 보는 일을 피하고 싶었다. 자전거 타면서 읽는 책은 평소 일 때문에 미뤄뒀던 것들이다. 추억의 옛 소설을 가져가 다시 읽기도 한다. 자전거 페달을 밟으며 책을 읽으면 흔들리는 버스 뒷

자리에서 독서하는 기분이 든다.

눈은 글을 따라가면서 자전거도 일정 속도 이하로 떨어지지 않게 유지하는 데 신경 써야 한다. 그러지 않으면 주객이 뒤바뀐다. 운동하면서 책을 보려는 거지, 독서하러 온 건 아니니까. 동영상 등에 푹 빠져 보고 있는 사람들은 트레드밀을 뛰거나 자전거 페달 밟는 데는 주의를 기울이지 않고 화면에만 몰두한다. 옆에서 보면 시동 꺼진 차처럼 멈춰 있거나 완전 거북이 운전이다. 나는 내 호흡과 박동, 허벅지에 들어가는 힘으로 속도를 느꼈다. 느려지는 것 같으면 다잡고 다시 속도를 낸다. 그렇게 해야 자전거 타기가 그저 시간 때우기에 불과해지는 걸 막을 수 있다. 처음에는 5분만 타도 온몸이 녹아내릴 지경이었다. 차츰차츰 익숙해지니 이제는 빠른 속도로 40분 이상을 탄다.

한번은, 여느 때처럼 자전거 페달을 밟으며 소설을 읽는 중이었다. 소설에 너무나 뭉클한 장면이 나왔다. 슬픈 건 아니었다. 너무 감동해서 나도 모르게 눈물이 솟구쳤다. 헬스장 자전거 페달을 밟으며 우는 여자라니, 눈물을 흘리면서도 내 모습이 너무 괴기스러워 보일 것만 같았다. 운동 시간을 채 다 채우지 못했지만, 그날은 황급히 자전거에서 내려 샤워실로 뛰어 들어가야 했다.

그런데 얼마 지나자 정말 눈물 날 일이 벌어졌다. 나의 트레이너 나이스가 그만둔다고 했다. 내 배에 왕 자를 새기겠다더니, 왕 자는커녕 한 획을 긋기도 전에 그가 사라진다니. 운동을 하던 중에 나이스에게서 그 얘기를 들었다. 운동을 마치고 마무리 운동을 하려고 자전거에 올랐다. 페달을 밟는 내내 먹먹한 마음이 가시질 않았다.

'이 일을 어쩐다………, 나 이제 어떡하지?'

체육관의 운동, 체육관의 노동

"샘, 너무 서운하네요. 작년 이맘때 무릎 깨져 깁스했을 때처럼 아파요. 샘이랑 오래오래 운동하려 했는데…. 센터의 샘들이 자주 관두시는 거 봐온지라 일하는 환경이 별로 좋지 않은가 나름 신경 쓰이곤 했어요. 암튼 샘이 더 좋은 환경과 미래를 찾아가시는 거라 생각하고 응원할게요."

나이스, 나의 트레이너가 체육관을 그만둔다고 나에게 통고한 날 그에게 보낸 톡이다. 1년 3개월 동안, 일주일에 세 번 넘게 꼬박꼬박 만나던 사람이 사라진다니. 여러 가지 생각과 감정이 뒤섞였다.

'이제 내 더 이상 너에게 가르칠 것이 없구나, 하산하거라.' 스승이 이렇게 이별을 고한다면야. 그런데 이 상황은 거꾸로다. '아니, 스승님, 다 배우지도 못했는데 떠나시면 저더러 어쩌란 말입니까.' 내게서 스승을 뺏어간 원흉이 뭘까, 내 나름대로 추리를 하지 않을 수 없었다.

일단 가장 유력한 용의자는 못된 노동 조건이다. 며칠 동안 표정이 무겁다가 인사도 없이 치워지던 자리, 그 자리의 주인들 여럿이 떠올랐다. PT 받기 전부터 따지면 3년여를 이 체육관에 드나들었다. 3년 전 여기서 본 트레이너 중에서 지금까지 남아 있는 이는 한 명도 없다.

"꾸준히 얼굴을 봐야 서로 이루려는 목표, 발전 과정을 지켜보면서 관리하고 격려할 수 있잖아요." 어느 트레이너를 인터뷰한 기사에서 그가 한 말이다. 워낙 일하는 여건이 나쁘다 보니 트레이너들이 들고 나는 게 잦은 현실을 지적하는 말이었다. 나는 건강하려고 운동을 하는데, 샘 덕분에 난 이만큼 좋아지고 있는데, 나이스 같은 샘들의 생활 조건은 어떻게 될까?

나이스는 노동 조건에 대해선 말을 삼가려 했다. 그저 더 좋은 미래를 찾아가는 거라 생각해달라고 했다. 나는 속상하기만 했다. 내가 권유해서 자기 직장 근처에서 PT를 받고 있는 친한 인권변호사도 나에게 말했다. '녹녹하지 않은 조건' 같다고. 과로는 일상이고, 몸을 '관리'해야 하니 잘 먹지 못하고, 트레이너끼리 경쟁도 너무 심하고, 그래서 자기 샘이 스트레스를 엄청 받는 것 같다고 했다. 특히 그이의 트레이너는 여성이었다. 여성이라서 받는 다른 종류의 압박이 있는 것 같다고 했다. 좀 친해지고 나니 그런 얘길 자연스럽게 나누게 된다고 했다.

운동을 지도하는 것만으로도 충분히 힘들 텐데 트레이너의 일이 어디 그뿐이겠는가. 전단 돌리기, 홍보 현수막 걸기, 끊임없는 비질과 걸레질, 늘 인사

하고 밝게 웃기가 이들의 노동에 포함된다. 그에 따른 대우는 체육포털사이트 같은 데를 검색해보면 당장 찾을 수 있다. 대한민국에서 사람 가치를 제대로 대접받는 노동을 찾기가 어디 쉬울까만, 이 분야 또한 만만치 않은 노동이다. 상품이든 행위든 타인의 노동이 깃들지 않은 것이 없다. 나는 그런 노동들에 빚지며 운동을 하고 있는 것이다.

임금이나 노동시간 같은, 처우만 문제가 되는 것은 아닐 것이다. 웃어야 한다. 상냥함이 의무다. 그런 감정노동의 시대다. 특히 체육관 샘들은 언제든 웃어야 한다. 체육관을 다니면서 내게 가장 거슬렸던 건 회원들의 반말이다. 체육관 샘들은 거의 다 젊은 분들이다. 그래선지 트레이너들에게 존대를 하는 회원을 보기 힘들다. 상대적으로 젊은 회원들만 샘들에게 존대를 한다. 나이 많은 쪽이 적은 쪽을 향해선 반말을 하는 건 전통이고 흠이 아니라고 여기는 걸까? 아니다. 나이 많다고 반말을 할 수 있다고 여기는 건, 전통이 아니라 신분사회의 의식인 거다. 21세기 만민평등에 기반한 공화국의 시민의식과는 거리가 멀다. 체육관이건 어디서건 우린 동등한 시민으로 만나는 거다. 나이뿐만 아니라 하는 일, 일에서의 직위 같은 거를 따져 함부로 반말을 하는 건 타인을 동등한 인간으로 대우하지 않는, 요새 하는 말로 적폐 중 하나다.

특히 수업 중인데 끼어들어서 샘을 '어이!' 이런 식으로 불러서 이런저런 심부름을 시키는 사람들이 있다. 그럴 때마다 나이스는 내게 미안해하며 그쪽의 요구 사항을 들어주고 오곤 했다. 미안해할 건 나이스가 아니라 수업 중에 끼어든 그쪽이다. 그런데 한 번도 미안해하는 걸 보지 못했다.

게다가 나이스에게는 열정이 넘친다. 나이스는 이 운동과 이 일이 너무나 좋다고 입버릇처럼 말하곤 하던 사람이다. 열정을 연기하는 것이라고는 할 수 없는 표정, 말투였다. 나에게도 그렇게 느껴졌다. 그런데 '열정노동'이라는 말이 괜히 생겼겠는가. 이 세상은 자기 일을 아끼고 자기 일에 자부심을 가진 사람들로 돌아가야 건강하다. 열정에 화답하는 건 응원이어야 한다. 그러나 열정에 초를 뿌리기 일쑤다. '네가 좋아서 하는 거잖아.' '네가 원하는 일 하는데 이 정도도 못 버텨?' 이런 말들로 악조건을 정당화한다. 이 조건을 달게 받아들이지 못하거나 버티지 못하면 내 열정이 부족한 탓으로 돌리도록, 자기를 학대하도록 내몰기도 한다. 그게 열정노동이다. 버티다 보면 괜찮아질까? 감정노동과 열정노동이 과연 인생을 살아가는 데 필요한 근육을 만들어주는 것일까? 나이스와 마지막 수업을 한 날 이런 톡을 보냈다.

"세상엔 많고 많은 운동 선생님들이 계시겠지만, 운동 문외한인 저에게 운동을 가르쳐주신 '첫' 선생님은 샘이 '유일'하신지라 참 아쉽습니다. 앞으로 여러 선생님들과 운동하게 되겠지만 첫 선생님을 오랫동안 기억할 겁니다."

나이스가 떠나고 새로 만난 그다음 샘은 단 두 달 만에 그만뒀다. 지금은 세 번째 샘과 호흡을 맞추고 있다. 운동을 시작하면서 처음에는 내가 언제 운동을 관둘까 불안했다. 이제는 샘들이 관둘까 봐 불안하다.

건강하지 못한 노동 환경, 불안한 노동 환경은 사람과 사람이 관계를 맺지 못하도록 방해한다. 『어린 왕자』에 나오는 어린 왕자와 여우 사이의 '길들여짐'을 경험할 기회가 줄어든다. 나에게 나이스는 내 인생에서 여태껏 경험해보지 못한 완전한 타인이었다. 나는 몸은 움직이지 않고 책만 읽는 사람이었고 나이스는 책을 거의 읽지 않는 사람이다. 나는 늘 이런저런 정치 사안에 촉각을 곤두세우고 사는 사람이고 나이스는 생애에 단 한 번도 투표를 하지 않았다는 사람이다. 자기 삶에 정치란 건 전혀 도움이 안 된다는 이유에서라고 했다. 나이스는 운동 도중에 온통 거울인 체육관 벽 어느 한쪽에 비친 자기 모습을 다듬고 감상하는 게 습관인 사람이었다. 나는 아침에 머리 빗을 때 한 번 말고는 종일 거울을 보지 않는 사람이다.

농담을 주고받을 정도가 된 지도 얼마 안 됐었다. 나이스의 롤 모델은 브랜치 워런(Branch Warren)이다. 근육을 정말 탑처럼 쌓아올린 모양을 한 보디빌더다. 내 눈에는 솔직히 아름답게 보이지는 않는다. 만화영화 캐릭터로 따지면 몸집만 큰 악당 역할이 제격인 인물이다. 내가 힘든 운동을 잘 해낸 날이면 나이스는 나에게 '브랜치 워런의 누이 같다'고, 칭찬을 건넸다. 그는 칭찬을 한 것이었겠지만 그 말을 듣는 나는 유쾌하지 않았다. 우리는 그렇게 농담하는 방식도 참 달랐다.

음식을 나누는 것은 만인이 소통하는 공통의 언어일 것이다. 나는 좀 친해지면 사람들에게 먹을거리 공세를 하는 습관이 있다. 맛있는 거 만들어서 먹이고 사다가도 먹인다. 체육관에 정을 좀 붙인 뒤론 체육관으로 끊임없이 먹을 것을 가져다 날랐다. 물론 나이스 몫만 아니라 체육관 샘들 다 같이 나눠 먹을 정도로 넉넉히 가져간다. 지방에 강연을 갔다가 올 때는 그곳 특산물(?)을 사서 나눴다. 대전에 가면 성

심당 빵을, 전주에 가면 수제 초코파이를, 부산에 가면 오뎅을 사다가 체육관으로 가져갔다. 수박처럼 부피 큰 과일을 사면 반으로 쪼개 껍질을 잘라내고 먹기 좋은 크기로 썰어서 체육관에 가져갔다. 먹을 것에 곁들여 나이스에게는 가끔 책을 선물했다. 안 읽는 줄은 알지만 읽는 것에 취미를 좀 붙여보라고. 어린 왕자가 되어 여우를 길들이려는 시도였을까. 나이스는 연말 내 생일에 덤벨을 선물했다. 원래 나이스는 전신 거울을 선물하겠다고 했으나 뜨악해한 내가 다른 걸 선물해달라고 해 품목을 바꾼 것이다. 덤벨은 책꽂이에 거의 가려진 작은 거울 밑에 놓여 있다. 사무실에 들르는 사람들마다 한 번씩 들었다 놨다 한다. 그러면 나는 그게 아니라고, 그들 앞에서 시범 동작을 보여주곤 한다. 내가 나이스 흉내를 내고 있는 것일까? 나이스를 비롯해 내가 건강하게 사는 데 일등공신인 샘들이 즐겁고 건강하게 살아갔으면 좋겠다.

나를 지켜보는 사람

체육관을 그저 왔다 갔다 할 때, 나는 PT, 퍼스널트레이닝(personal training)이라는 말도 몰랐다. 관심이 전혀 없었기 때문이다. 그런 역할을 하는 트레이너라는 사람들이 있는지도 뭘 하는 사람들인지도 몰랐다. 체육관에서 마주치면 늘 부담스러우리만치 상냥하게 인사를 하는, 하나같이 체격이 건장한 사람들, 그 정도가 트레이너에게 가진 인상의 전부였다. 트레드밀 위에서 시속 3.5킬로미터로 엉금엉금 걷고 있노라면, 갑자기 누군가 나타나서 옆자리에서 운동하던 사람을 데리고 간다. 흘끗 뒤돌아보면 그 사람을 저울 위에 올리거나(역시 나중에 알았다. 인바디 체크였다), 운동하는 사람 옆에 서서 하염없이 하나 둘 셋, 숫자를 세고 있다. 그걸 소 닭 보듯 하던 내가 "저와 3개월만 운동하시면 좋아지실 겁니다"라는 권유에 PT를 받게 되었다.

내가 PT를 받는다는 소식에 지인들 반응은 폭발적이었다. 지인들은 다들 놀랐다고 했다. '당신이?'

무엇보다 남의 말 잘 안 듣기로 유명한 내가 누구 지시를 따라야 하는 운동을 하다니, 놀랐을 것이다. PT를 받기 시작한 뒤로 내 말투를 듣고는 혀를 내둘렀다.

"샘이 시켰어." "샘이 권해서."

먹을 때마다 사진을 찍으며, 또 새로운 뭔가를 하면서 나는 이런 식으로 말하기 시작했다. 그럴 때마다 사람들은 내가 트레이너 말 참 잘 듣는다며 신기해했다. 내 기분은 반대였다. 나는 늘 내가 주도해야 하거나 배려해야 하거나 신경 써야 하는 입장에 있다. 나를 위해서 누군가가 짜준 계획대로 따라 하기만 하면 되다니 이 얼마나 기분 좋은 일인가, 이들은 상상이 안 갔을 것이다.

지인들의 두 번째 놀람은 다른 종류였다. 내 주머니 사정을 뻔히 아는데 어떻게 그리 비싼 PT를 받느냐는 거였다. 저질렀다는 쪽에 가깝다. 얇은 주머니 사정에도 불구하고 비싼 운동을 시작하기로 마음 먹을 만큼 내 몸 상태에 절망했다. 씀씀이가 단출하기에 저지르기가 가능하기도 했다. 다행히 나는 주거비를 쓰지 않는다. 부모님 집에 주소를 두고는 있지만, 부모님과 같이 살기에는 버거운 나이다. 그렇다고 독립해 주거지를 마련할 돈은 없다. 그냥 사무실에서 숙식을 해결한다. 10여 년 전부터 부모님께 매달 드리는 용돈이 유일한 고정 지출 항목이다. 또 나는 필요하다 느끼면 지르고 본다. 일단 지르고 나면 (주머니의 총량은 뻔하니까) 덜 다급하고 덜 필요한 데는 씀씀이를 줄인다. 그렇게 하면 살림살이가 어떻게든 꾸려진다는 생각으로 산다.

　때를 놓치면 돈을 쓰고 싶어도 쓸 수 없는 일들이 있다. 부모님과의 여행도 그런 일로 많은 사람이 꼽는 항목이다. 엄마와 여행 가는 게 소원이었는데 돈 모으다 보니 어느 날 엄마가 곁에 없더라는 다큐멘터리를 봤다. 마침 동갑인 부모님 환갑 때즈음이었다. 그해부터 칠순 때까지 매년 부모님과 여행을 했다. 패키지도 아니고 내가 계획하고 직접 모시고 다니는, 내가 일명 '노비 여행'이라고 부르는 여행이다. 한 번 다녀와서 1년 내내 그 비용을 갚고 나면 또 그다음 여행을 저지르는 식이었다.

　과거는 우울한 것이고 미래는 불안한 것이라 했던가. 과거의 우울을 대하는 방법은 지금도 잘 모르겠다. 다만 미래에 대한 불안만은 뭔가를 '배운다'는 생각으로 해소해왔다. 10년 넘게 식당 주방 알바와 인권 활동을 병행하며 근근이 살아오는 동안, 늘 뭔가 배우고 있다는 생각으로 버텼다.

　'마흔까지는 미래에 대한 아무 생각 없이 그냥 배울 거야.'

　마흔을 훌쩍 넘기고 나서도 배워야 할 건 계속 있었다. 그리고 쉰이 다 돼서, 그제야 운동이란 걸 배워야 한다고 생각하게 되었다. 지금 아니면 배울 수 없다고, 쉰이 다 돼서야 그런 생각이 들었다. 무리해서라도 3년은 배우리라 작정했다. 그렇게 PT를 시작했다.

지인들 말이 맞다. PT에 드는 돈은 내 벌이에 비하면 비싸다. 그러나 사람이 하는 일에 치르는 대우라고 생각하면 비싸다고 할 수 없다. 나는 평소에도 깎아달라는 말, 그냥 좀 해달라는 말이 싫다. 원자재나 재료는 조목조목 값을 따지면서 사람의 수고에 제 값을 치르는 경우는 드물다. 경제가 어렵다 하면 사람에게 치러야 할 몫부터 깎으려 하지 않던가. 체육관 기본 이용료는 이 돈으로 내가 사용하는 전기요금, 수도요금이나 될까 싶을 정도로 싸다. 경쟁이 심하니 체육관마다 일종의 박리다매 전략을 쓰기 때문일 것이다. PT로 수익을 벌충한다고들 말한다. 그러나 원래 그 정도는 받아야 제값일 것 같다. 제값을 받지 못하는 것이 체육만이겠는가. 물론 저마다 사비로 해결하지 않고, 보편복지처럼 누구나 쉽게 접근할 수 있는 공공체육이 활성화되면 훨씬 더 좋겠지만.

인터넷 동영상이건 애플리케이션이건 운동을 배우겠다고 하면 방법은 많다. 그러나 아무리 잘 만들어진 영상과 설명이라도 사람을 대신할 수는 없다. 사람은 나에게 맞춰 반응해준다. 사람과 사람이 상호

의존하고, 상호작용한다. 그게 PT의 핵심인 것 같다. 운동을 하면서는 멈춰야 할 때와 밀어붙여야 할 때가 있다. 내가 억지로 버티는 것 같으면 나이스는 금세 알아차리고 스트레칭 같은 다른 운동으로 돌리곤 한다. 어떤 날은 나를 보고는 운동을 할 상태가 아니라고 판단하고는 강제로 휴식하라고도 했다. 반대로 내가 안 하려고 버텨도 끝까지 밀어붙일 때도 있다.

배우고 익혀서 숙달하는 건 어떤 방식으로 반복하느냐에 달려 있다. 한 번에 무엇을 얼마나 연습할지 내 상태에 맞춰 섬세하게 결정해야 한다. 칼로리를 태우는 데 효과가 좋다며 무리한 동작을 엮은 프로그램이 많다. '요것만 하면 살 빠진다'는 세트 조합을 내 무릎에 강요했다간 얻는 것보다 잃는 것이 더 많을 것이다. 나이스는 늘 내 몸에 이상은 없는지 체크하면서 진도를 나갔다. 특히 내 무릎에 나보다 더 신경을 썼다.

어떤 동작을 몸이 익히는 순간은 숱한 반복 후에야 찾아온다. 트레이너는 그 반복을 함께 버텨주는 사람이다. 안 될 것 같고 꽉 막힌 것 같은 동작이 확 뚫리는 순간이 찾아올 때, 그 순간을 함께 하는 사람이 있다는 사실이 성취 자체만큼이나 기쁘다. '이 정도밖에 못해?' '일을 이따위로 해서 되겠어!' 타박이 넘치는 세상에서 사소한 동작 하나에도 '잘하셨어요'라고 돌아오는 칭찬, 어릴 때 고무도장으로 '참 잘했어요'를 네모 칸에 채워가던 기분이 난다. 그런 도장을 매번 말로써 찍어주는 동행이 있어 참 좋다.

어떤 동작을 할 때 말로는 도저히 설명되지 않는 부분이 많다. 그럴 때 먼저 체득한 사람이 시범을 보여준다. 나는 운동을 처음 배우면서 그동안 다른 일을 할 때도 그랬듯 운동에서 사용하는 용어, 영어 단어의 뜻 같은 데에 관심을 보였다. 그리고 책을 읽듯이 배우려 했다. 나도 가르치는 일을 많이 하다 보니 설명을 얼마나 조리 있게 하느냐에 더 집중했다. 그런데 언제부턴가는 몸으로 체득한 앎을 존중해야 함을 깨달아갔다.

나이스와 여러 트레이너들을 보면서 계몽주의 시대에 『백과전서』를 편찬한 이들의 관점이 떠올랐다. 백과전서파는 암묵적인 지식과 생동감 넘치는 활력을 예찬했다. 말로는 설명하기 어려워도 무슨 일을 하는 방법을 알고 있는 것이 암묵적 지식이다. 보고 들은 것과 실제로 해본 경험이 차곡차곡 쌓이는 것, 몸소 경험하여 알아내고 이해하는 것, 그것이 배움이었다. 기량을 끌어올리는 것뿐 아니라 사람의 변화를 같이 하는 것, 상대방을 존중하고 자기도 존중하는 의식을 키워가는 것, 그것이 배움이었다.

"자! 술잔을 들 수 없을 만큼 팔을 혹사시켜봅시다!"

"이 아령 무게만큼 술잔이 무거우면 좋겠네요. 그럼 운동이 될 텐데. 아! 그럼 빨대로 술 드시겠구나!"

나이스는 (늘 술을 마시는 나의 악습을 고치려고) 나를 채근할 때도 이런 말들로 나를 웃게 했다. 술을 좀 줄이면 운동이 내 몸에 훨씬 더 큰 효과를 낼 거라는 말이었다. 그런 말을 이런 식으로, 다그치지 않고도 할 수 있구나 깨달았다. 나이스가 부상을 당해 한동안 운동을 못 하게 됐을 때 내가 게으름을 부릴라치면, 운동을 좋아하는 내 마음을 헤아렸는지 그는 나를 이렇게 독려했고 그의 말로 나는 게으름을 떨쳤다.

"전 지금 회원님이 젤 부러워요. 운동하고 싶으면 할 수 있잖아요."

나이스는 보디빌더 대회를 준비하면서 극심한 다이어트를 했다. 어찌나 힘늘었는지 노른자와 흰자 다 있는 계란에 소금 쳐서 먹고 싶다거나 사과 반쪽이나 4분의 1쪽이 아니라 한 개를 다 먹고 싶다고 했다. 수업을 하는 중에 현기증을 느끼는 듯 보이기도 했다. 그런 그에게, 나는 굶으면서 하는 운동은 반대한다고, 샘은 왜 그렇게 고통스러운 방식으로 운동을 하느냐고 물었다.

"그냥요."

나이스는 그냥 그렇게 하는 거라고 했다. 그냥 되고 싶은 것, 그냥 그렇게 만들고 싶은 몸이 있다고 했다. 내 관점에는 맞지 않지만 나이스의 '그냥'을 그냥 존중하기로 했다.

체육관을 그만두고 얼마 지나지 않아 나이스는 대회에 출전했다. 대회 직전에는 물도 못 마신다고 들었다. 나이스를 격려하고 싶어 톡을 보냈다.

"제가 책 쓸 때마다 느끼는 건데 난 죽어도 이 책 못 쓸 거야, 관두자, 포기하자, 그런 마음이 들 때 쓴 부분이 나중에는 젤 빛나더라고요. 샘, 젤 힘드신 시간 잘 넘기세요."

"회원님은 운동 잘 되시구요? 요즘은 변화점 있으세요?"

"전 꾸준히 하고 있습니다. 꾸준히가 젤 좋은 거지요. 운동이 제 생활의 일부가 된 게 젤 좋구요. 그 습관을 만들어준 게 샘이세요. 샘 홧팅."

인생에도 퍼스널트레이닝 같은 게 있다면 얼마나 좋겠는가. 아니지. 나와 내 주변 사람들, 또 다른

누군가가 서로에게 서로의 PT가 되어주니 살아가는
것이겠지.

탈의실 정치

'무서워요.'

나에 대해서 내가 가장 많이 듣는 말 중 하나가 바로 무섭다는 말이다……. 일단은 인상이 무섭단다. 그리고 성격도 무섭다고 한다. 친해지고 난 다음에야 남들이 왜 무섭다고 하는지 모르겠다고 하는 사람도 있기는 하지만, 섣불리 다가서기 쉽지 않다는 평은 그들에게서도 마찬가지로 듣는다.

체육관에서는 그 무서운 인상 덕을 보는 것 같다. 누구도 나한테는 웬만해선 쉽게 말을 걸지 않는다. '탈의실 정치'를 아주 싫어하는 나로서는 편리한 일이다. 그리고 운동을 시작하고 얼마 안 돼 멋모르다가 당한 이후엔 틈을 주지 않는다.

온갖 사람이 드나드는 곳일수록 그곳에서 언짢은 경험을 하기 십상이다. 그중에서도 으뜸은 사람 몸을 훑듯이 쳐다보는 시선 그리고 무례한 질문이다. 혼자일 때라면 그러지 않을 사람들까지도 특정 무리를 지은 사람들과 함께라면 그 무례함에 기꺼이 동참한다. 또 자기를 과시하려고 무리수를 두기도 한다. 내가 '탈의실 정치'라 부르는 것이 바로 그런 것들이다.

생전 운동이라고는 하지 않던 몸이 정기적으로 운동을 하게 되면 초반에는 눈에 띄게 살이 빠진다. 체중이 줄어드는 속도는 곧 정체되지만 말이다. 내가 등장하면 몇몇이 내 몸을 위아래로 훑고는 대놓고 묻는다.

"PT 받고서 몇 키로 빠졌어요?"

다른 데서라면 나도 당연히 그런 건 타인에게 묻는 게 아니라고 되받았을 테다. 그러나 그곳은 탈의실이었다. 그리고 탈의실의 여왕벌과 그 무리라 할 이들에게 이미 포위된 상황이었다. 원하는 답을 내놓지 않으면 포기하지 않을 것 같은 분위기. 그래서 나는 몇 킬로그램이 줄었다고 답해주었다. 원하는 답을 얻었으면 물러가도 좋으련만. 그러고 나서 그들에게서 내가 들은 반응들은 이랬다.

"돈이 좋-구나."

"누구는 돈 들여 살도 빼고."

비꼰다는 것을 굳이 감추지 않는 한껏 높은 소프라노 톤. 한 대 얻어맞은 것 같은 기분. 아니 내가 왜 이런 소릴 들어야 하는 거지?

이런 게 직접적인 무례함이라면 과시형의 사람들이 주는 불쾌함도 만만치 않다. 나는 전혀 궁금하지 않은데, 알고 싶지도 않은데 굳이 탈의실에서 들으란 듯이 떠드는 사람들이 있다.

A: 원룸 몇 개나 굴려?

B: 그냥… 에이 뭐, 몇 십 개."

A: (은근히 B에게 몸을 갖다 붙이며) "세금 안
　내지?"

B: (끄덕끄덕)

재산과 탈세 과시형이다.

C: 요새 왜 이리 통 안 보였어?

D: 어어-, 미국 일주 하고 왔어.

C: 어땠어?

D: 현금 5천 달러 들고 갔는데, 어떤 깜둥이 ×
　×가 공항에서 그걸 다 세어보면서 시비를 걸
　잖아.

C: 지네 나라에 돈 쓰러 갔는데 왜 그걸 트집 잡
　아?

이런 무교양과 차별 의식 과시형도 탈의실에 있
게 마련이다. 아니 왜 신용카드 놔두고 현금을 5천 달
러씩이나 들고 간 거지?

E: 지난 번 선생은 ○○만 원 줬는데, 이번에는
　△△만 원 주고 구할라고요.

군이 자녀 과외 선생 구하는 통화를 탈의실에서, 홀딱 벗은 채로, 큰 목소리로, 일부러 그러는지는 몰라도 금액까지 다 밝히며 하는 사람은 도대체 어떤 유형이라고 불러야 할까, 소비 능력 과시형? 내가 살고 있고 운동 다니는 이 동네는 재개발도 안 된 구도심이다. 체육관 시설도 그다지 좋지도 않다. 이런 쓸쓸이를 자랑할 만한 알부자들이 숨어 사는 곳이었던 것일까? 그것도 천박한 부자들만 모여 있는 곳일까?

군이 과시형이 아니더라도 말 한마디로 자기 인격을 드러내기는 아주 쉽다. 체육관이 리모델링된 후에는 회비를 인상한다는 공지가 있었다. 그리고 이런 대화를 들었다.

"가격 오르면 노인들 오기 힘들겠지?"

"이 참에 늙은이들은 싹 다 그만 나왔으면 좋겠어."

내 눈엔 대화를 나누는 당사자들이 노인이었다. 인생에서 몇 살부터 노인이라고 정해져 있는 게 아니다(뭐 법으로는 각종 연금을 수령하는 나이가 정해져 있기는 하지만 말이다.) 비교 상대에 따라 더 나이든 사람, 더 젊은 사람이 있을 뿐이다.

선거나 큰 정치적 사건 뉴스가 있을 때면 탈의실이고 운동실이고, 들려오는 대화가 더욱 가관이다.

카카오톡으로 전파된다는 유언비어를 그동안 접해보지 못했는데 이곳에서는 생생하게 육성으로 그 내용을 들을 수 있다. 아니 들을 수밖에 없다. 그럴 때마다 나는 민주공화국의 시민성에 대해 자주 좌절하고 낙담한다.

'이거 내가 한가하게 운동(exercise)하고 있을 때가 아닌데? 도대체 어떻게 운동(movement)을 해야 하는 거지?'

여기까지가 운동을 다니면서 겪는 괴로움의 목록이다. 그리고 여기에 더해 여성으로서 피해갈 수 없는 것이 있다. '맨스플레인'이다. 맨스플레인은 남자(man)와 설명하다(explain)라는 단어를 결합한 조어다. 남성이 여성은 기본적으로 뭔가 모르는 사람으로 규정하고 자신의 말을 일방적으로 쏟아 붓는 태도를 말한다. 어느 날 스테퍼를 밟고 있었다. 그런데 그 아래로 손이 쑥 들어왔다. 기겁을 한 나를 아랑곳하지 않고 어떤 아저씨가 내 발을 강제로 미는 것이다.

"발을 이렇게 놓고 해야지."

이두 운동을 하고 있을 때는 또 다른 아저씨가 역시 반말로 불쑥 끼어든다.

"손목이 휘었잖아."

그나마 인상이 무섭고, 그렇게 간섭을 해도 대

꾸를 잘 하지 않으니 맨스플레인도 나한테는 뚝 그치는 경향이 있다. 그런데 유독 여성들에게만 미주알고주알 참견하려는 남성이 더러 있다. 아 제발, 헬스장에서 가장 괜찮아 보이는 사람은 입은 다물고 자기 운동에만 몰두하는 사람이라는 사실을 몹시 간절하게 말해주고 싶다.

무서운 인상을 '활용'해 이런 일들을 대개 쌩까고 사는 나에게도 예외는 있다. 다행히 그런 이들만 체육관에 있는 것은 아니다. 무례한 질문 없이 나의 향상을 그저 기뻐해주는 분들이 있는 것이다.

"열심히 하는 것 보기 좋아요."

"몸이 참 좋아진 것 같아서 옆에서 보는 내 기분도 좋아."

이런 말을 건네시는 분들에게는 나도 볼 때마다 기분 좋게 정중히 인사한다. 비슷한 시간대에 운동하는 이들 중에 꾸준하고 향상이 눈에 띄는 사람이 있으면, 나 또한 내 일처럼 뿌듯해하곤 한다. 그리고 무언의 지지를 보낸다.

짝이나 무리를 이루는 일에도 아주 상반된 성격이 있다. 무리 지어 운동기구를 차지하고는 잡담만 하면서도 비켜줄 생각은 안 하는 쪽이 있는가 하면, 서로를 독려하고 페이스를 조절해가면서 운동에 집중하는 짝꿍들이 있다. 그런 단짝들은 타인을 방해하지 않으려고 배려하고 있음이 눈에 보인다. 눈살을 찌푸리게 하는 패거리의 일원이더라도 간혹 패거리 없이 혼자 있을 때 보면, 괜찮은 태도로 운동에 집중하는 걸 볼 수 있다. 홀로 있을 때건 무리 지어 있을 때건 일관되게 괜찮은 사람이 되는 것, 그게 중요한 것 같다.

미드나 영화 수사물에서 중요한 기밀이 새어나가는 장소로 흔히 미용실이나 호텔 방이 등장한다. 미용실에서 머리를 내맡기고 나누는 수다에 긴장을 풀리기 때문일까, 유도 질문임이 빤히 보이는데도 술술 자기 은밀한 구석을 털어놓는다. 호텔 방에서는 청소 노동자나 룸서비스 노동자를 유령으로 취급하기 때문에 그들이 드나드는 곳에 버젓이 기밀을 방치한다. 탈의실 정치에서도 사람들은 그런 식으로 풀어지는 것일까? 몸과 마음, 활동과 생각이 분리되지 않듯이 체육관에서도 몸을 조이고 닦는 만큼 인간의 미녁도 갈고 닦을 수는 없는 걸까.

'힘!' '힘은 우리의 것!'

"어떤 배우를 좋아하세요?"

어느 날 나이스가 물었다. 난 '고전적인 사람'인지라 나이스 또래가 잘 모르는 배우 이름 두엇을 댔다. 역시나 나이스는 그들이 누군지 몰랐다. 그리고 곧바로 스마트폰으로 내가 댄 배우들 이름을 검색했다.

"어? 남자네요? 닮고 싶은 몸매를 가진 여배우 없어요?"

남자를 꼽은 내 대답에 나이스는 당황한 듯 다시 이렇게 물었다. 나이스는 내가 몸매가 멋지다고 생각하는 여자 배우가 누군지 물은 것이었다. 피트니스를 하고 있으니 내가 어느 여자 배우를 꼽으면 그이를 일종의 롤 모델로 삼아보라고 하려는 의도였던 것 같다. '닮고 싶은 몸매를 가진 여배우'를 묻는 질문에 내가 들은 척도 안 하자 나이스는 들릴 듯 말 듯 혼잣말을 했다. "안 통하네." 나도 속으로 중얼거렸다.

'샘, 그녀들을 모델로 삼으면 나는 운동을 할 수가 없다고요. 나는 전교 1등이 되고 싶은 게 아니라 그냥 학교생활을 즐겁게 하는 그런 학생이 되고 싶은 거라고요. 몸짱이 되고 싶은 게 아니라 오후 돼도 처지지 않고, 아침부터 천근만근이지 않고, 좋아하는 술 계속 마실 수 있고, 친구가 푸념하고 고민을 털어놓을 때 귀찮아하지 않고 들어줄 수 있는, 그런 체력

을 원하는 거라고요.'

그렇다. 몸짱 같은 걸 롤 모델로 삼아 운동하는 건 나에겐 미련한 행동이다. 마찬가지로 귀가 얇아선 안 된다. 인터넷에서는 온갖 식이요법과 눈과 귀가 번쩍 뜨이는 각종 운동요법이 나를 유혹한다. 그런 데 마음이 휘둘리면 나의 현실이 처져 보인다. 내가 뭔가 잘못하고 있는 건 아닌지 의심만 늘어난다. 나에게 나쁜 습관이 있다면 있는 그대로 그냥 인정하려고 노력한다. 설령 바꿔야만 하는 습관이 있다 해도 일거에 모조리 물리치는 것이 아니라 적당히 어울리는 법을 늘려가려 한다. 나에게도 원칙이 있다. 나의 원칙은 단 하나, '나에게 맞는 식으로 꾸준히'다.

롤 모델을 굳이 찾아야 한다면 몸짱 여배우가 아니어도 얼마든지 찾을 수 있다. 존경하는 인물에게서 운동 습관을 찾는 것이다. 전에는 무심코 지나쳤는데 운동에 관심을 갖게 된 후로는, 책을 읽을 때도 등장인물의 운동 습관을 유심히 살피게 되었다. 넬슨 만델라 같은 인물은 정말 의외였다. 만델라는 남아프리카공화국의 잔인한 아파르트헤이트(인종차별·분리) 체제에 맞서 평생을 싸운 인물이다. 무려 27년 수감 생활을 했고 석방 후 치러진 선거에서 남아공 최초의 흑인 대통령으로 선출되었다. 2013년 아흔다섯

살에 사망한 그는 세계적으로 큰 유산을 남겼다. 천여 쪽에 이르는 그의 자서전에는 가슴 저미는 사연들이 넘친다. 그중에서도 조금은 다른 식으로 내 가슴이 뛴 내용이 있었다. 그가 자신의 운동을 담은 대목들이었다.

만델라는 거의 매일 저녁 역도 클럽에 다녔다고 한다(와우, 만델라도 헬스클럽에 다녔네!) 당국의 탄압과 생활고, 인권변호사 생활로 바늘 하나 꽂을 틈 없는 빡빡한 생활이었는데 말이다. 수배를 피해 도피하던 생활 중에도 매일 아침 다섯 시면 일어나 운동복으로 갈아입고 한 시간가량을 뛰었다. 도피처를 제공한 사람도 결국 만델라의 건강 유지법에 항복해, 아침에 시내로 출근하기 전 만델라와 함께 운동을 했다고 한다. 감방 안에서도 만델라는 매일 활동 계획을 짰고, 그중에 신체 단련 프로그램을 빠뜨리지 않았다.

"나는 선천적으로 재능이 부족했지만 연습과 노력으로 이를 극복할 수 있었다. 나는 이것을 내가 하는 모든 일에 적용했다."

"나의 주된 관심은 연습이었다. 철저한 연습은 긴장과 스트레스를 해소하는 훌륭한 방법임을 알게 된 것이다. 연습을 격하게 한 뒤에는 정신적으로도 신체적으로도 더 가벼워지는 느낌을 받았다. 그것은 투쟁이 아닌 어떤 것 안에 내 자신이 몰두하는 한 가지 방법이었다. 저녁에 연습하고 난 다음 날 아침에는 다시 투쟁을 시작할 수 있는 상태, 즉 상쾌함과 강인함으로 느끼며 깨어났던 것이다."

이런 태도는 나에게 최고의 운동 스승이 아닐 수 없다. 반대로 약을 올리는 사람도 운동에 도움이 된다. 저명한 극작가 버나드 쇼는 신체를 단련하는 운동을 불신하고 과도한 근육으로 몸에 부담을 주지 않겠노라며 버텼다. 당대의 스타 오이겐 샌도(Eugen Sandow)가 쇼를 제자로 삼아 몸을 단련시키려 애썼는데 말이다. 샌도는 세계 최초의 보디빌더로 알려져 있다. 보디빌딩, 피트니스 같은 개념을 널리 보급한 인물이다. 그의 사진을 검색해 봤더니 식스팩의 원조라 할 대단한 몸이었다. 쇼가 샌도를 단념시킨 거절의 말은 이러했다고 한다.

"자네가 그 대단한 가슴으로 남자 스무 명과 그랜드 피아노 두 대와 코끼리 두어 마리도 지탱할 수 있다는 건 알겠네. 또 자네가 나를 훈련시킨다면 내가 그렇게 될 수 있다는 것도 알겠어. 하지만 내 목표는 피아노와 코끼리와 사람들을 내 가슴에서 떼어놓는 것이지, 그걸 내 가슴 위에 쌓아 올리는 것이 아닐세."

그렇다고 쇼가 운동을 멀리했는가 하면 또 그건 아니다. 아흔넷의 생을 산 그는 평생 걷고 수영하고 자전거를 탔다. 자기에게 맞지 않는 걸 신체 단련이라는 이름으로 하기를 거부했을 뿐이다.

어느 날부터 나는 친구들과 동료들에게 습관처럼 운동을 권하기 시작했다. 일단 해보니까 좋다, 이 좋은 기분을 너도 느껴봤으면 좋겠다, 이런 식으로 말문을 연다. 하나둘 따라 하는 사람들이 생겼다. 어느 때부턴가 동료들은 나를 '운동 전도사'라 부르기 시작했다.

그러나 다른 이들에게 꼭 나처럼 피트니스를 하라고 권하지는 않는다. 내가 해서 좋다고 해서, 내가 해서 효과를 봤다고 해서 타인에게도 맞는 건 아니다. 자기 상황과 취향에 따라 맞는 건 제각각이다. 나에게 피트니스가 여러 면에서 적합했을 뿐이다. 일단 다니기 아주 가까운 곳에 체육관이 있고 시간대 조절 또한 자유스럽고, 무리하지 않고 지속할 수 있다는 여러 측면의 접근성이 무엇보다 큰 장점이다. 내가 권하는 것도 피트니스가 아니라 자기 조건에 맞는 운동을 찾으라는 것이다.

접근성을 우선순위에 두고 따질 것, 자기가 낼 수 있는 가능한 시간대를 정직하게 확보할 것('정직'하라는 건 무리하지 말라는 말이다. 갑자기 '내일 새벽부터 매일 운동을 하겠어' 하는 식의 다짐을 피하라는 말이기도 하다), 주변 사람들에게 말하고 협력을 요청할 것('그딴 거 왜 해? 팔자 좋나 봐?' 이렇게 보는 사람들과는 사귀지를 말아야 한다), 자기 취향을 고려할 것.

내 전도의 요지는 일단은 운동하는 습관을 만들라는 것이다. 제대로 시작해보겠다고 미루지 말고 하루라도 빨리 '그냥' 시작하라고 한다. 폭풍우처럼 몰아치는 일들을 좀 끝내고 나면, 이것 좀 마쳐놓고 저것 좀 마련해놓고 나면, 이런 식으로라면 '그날'은 오지 않는다.

어디 운동뿐이겠는가. 「인권 정책 마련 지침」 같은 데서 권고하는 사항이 있다. '큰 사건이 생기기 전, 평화 시에 정책을 마련하라'는 것이다. 큰 사건이 일어나고 관련자들이 모두 격앙된 상황에서는 공통의 약속을 만들기 힘들기 때문이다. 그러니 위기나

재난이 일어나기 전 차분한 상태에서 미리 약속을 만들어두는 일이 중요하다는 말이다. 해보니 운동도 마찬가지인 것 같다. 내 몸과 정신에 큰일이 닥치기 전에, 무리수를 두지 않아도 될 때에, 찬찬히 자기와의 약속을 만들어야 지킬 수 있는 차분한 약속을 만들고 몸에 새길 수 있다.

당장 운동을 하지 못할 이유, 정말 많다. 그런데 이유와 핑계는 다르지 않을까. 우리가 어깨에 짊어진 것이 어디 한두 가지겠는가. 그 어깨에 운동 같은 걸 하나 더 얹으려면 분명 어깨에서 내려놓아야 할 것 또한 생기기 마련이다. 뭘 내려놓아야 할지는 사람마다 어깨에 얹힌 종류와 가짓수에 따라 다를 것이다. 그리고 넣고 빼기는 저마다의 몫이다.

만델라가 속했던 정치 조직(ANC)에는 주고받는 인사말이 있다고 한다. 누구 한 사람이 '권력!'이라 외치면 다른 사람들은 '권력은 우리의 것!'이라 화답한다.

권력의 다른 말은 힘이다.

'힘!'

'힘은 우리의 것!'

운동 전도사로서 내가 친구들과 나누고 싶은 인사말이다.

엉덩이의 소리를 들어라

일하기 싫을 때 운동이라고 하고 싶을까? 아니다. 결코 아니다. 운동으로 기분을 전환하고 오면 일이 잘되나? 이건 성립되지 않는 질문이다. 일단 밖으로 나가는 게 힘들기 때문이다. 밥 먹기 싫은 날, 세수는커녕 칫솔 들기도 귀찮은 날, 덩그러니 빈 화면에 아무것도 채우지 못하고 있는 날, 그런 날에는 운동도 하기 싫다. 운동 가방을 들었다 놓기를 여러 차례다. 바깥으로 발걸음을 떼는 것도 불가능하다. 씻어야지, 옷 갖춰 입어야지, 빈속으로 운동할 순 없으니 먹어야지, 운동하러 나서기까지 넘어야 할 코스가 여러 개다.

무기력은 변덕스런 날씨처럼 고개를 치켜든다. 갑작스런 비처럼, 거짓말 같은 활짝 갬처럼, 기력과 기분은 시소를 탄다. 다른 일이 꼬였는데 운동만 잘하는 건 불가능하다. 생활의 힘이 골고루 안배되어야 운동도 해나갈 수 있다. 일상을 잘 유지하는 것, 그것이 잘 사는 것 아니겠는가. 눈 뜨면 이부터 닦는 일, 잘 씻고 갖춰 입는 일, 아무리 재촉하는 일이 있어도 제때 끼니와 잠을 챙기는 일, 이런 걸 유지해야 운동을 해나갈 힘이 생긴다. 일상을 유지하는 것조차 피곤하고 힘들어하는 상태에서 운동을 하라는 채근을 당하면 안 그래도 힘들게 시험공부 하고 있는데 시험

과목이 늘어나는 것과도 같다.

　운동을 하면 피곤과 복잡한 감정을 다독일 체력이 길러지는 건 맞다. 운동만 따로 떼어놓고 말하면 백번 맞는 말이다. 그러나 운동은 생활과 따로 놀지 않는다. 큰일과 작은 일, 중요한 일과 사소한 일의 흥정 속에서 부대끼다 보면 내 일상은 귀찮은 군식구 취급당하는 경우가 많다. 그럴 때 운동은 일을 더 잘하기 위한 도구일 뿐처럼 여겨진다. 자기 관리 기술의 일종 혹은 문화자본 같은 게 되어버리면 운동은 일상의 벗이 아니라 하기 싫은 숙제처럼 느껴진다. 탄성을 잃은 고무줄처럼 뚝 끊어지기 쉽다. 고무줄처럼 너무 팽팽하게 당기고 사는 것도 마찬가지인 것 같다. 일상의 안팎에서 어떤 소리가 들려도 무시하게 된다. 느슨하게 풀어놓고 살아야 돌아보게 된다.

　나는 어떤 마음이어야 운동을 계속할 수 있을까? 나는 내 엉덩이의 소리를 들으려 한다. 아파서 운동을 시작했듯이 내가 운동을 유지하는 힘도 고통인 것 같다. 고통을 좋아하는 사람은 없겠지만, 고통은 있기 마련이다. 고통은 뭔가를 돌아보게 하고 돌보게 한다.

　나는 얼굴에도 로션이나 스킨조차 안 바르는 사람이다. 그런 내가 매일 정성껏 화장하는 곳이 있다.

뒤꿈치다. 어느 겨울, 뒤꿈치가 갈라져 피가 흐르는데 생각 이상으로 너무 아팠다. 약국에 가서 상담했더니 사포 같은 걸로 잘 문질러 각질을 제거하고 반창고를 붙이라고 했다. 그렇게 해서 살이 붙으면 매일 크림을 발라주라고 했다. 그러고 올리브오일이란 걸 줬다. 바를 게 아니라 그냥 먹고 싶을 지경으로 냄새가 고소한 기름이었다. 그런 통증을 다시 겪지 않겠다고 생각하니 거르지 않고 뒤꿈치를 보살피게 됐다. 정성껏 올리브오일을 바르고 문지르는 일을 멈추지 않았다. 뒤꿈치가 나에게 고통을 호소했고 나는 그 고통 때문에 뒤꿈치를 돌보게 됐다.

돌본다는 뜻의 영어 단어 케어(care)에는 근심이란 뜻과 사랑이란 뜻 둘 다 담겨 있다. 근심일 때는 부담을 지는 것을 의미한다. 뭔가를 케어한다는 것은 관심이 많다는 관계를 표현하고 돌본다는 행동을 뜻한다. 제 몸을 잘 돌본다(I take good care of myself)는 말처럼 케어를 자신에게 쓸 때는 스스로에게 관심을 갖고 행동을 한다는 뜻이다.

지금껏 일을 하면서 열 대가 넘는 컴퓨터와 이별했다. 물건이지만 작별할 때마다 나는 서운한 마음이 들었다. 함께한 세월 동안 닳아 지워진 자판의 글자를 보면서는 그 자판과 나눴던, 그 자판으로 기록

했던 숱한 사연들을 떠올렸다. 그러다 문득 의문이 들었다. '기계도 이렇게 됐는데 내 몸은?' 가장 먼저 떠오른 건 엉덩이였다. 내 엉덩이도 닳고 닳은 키보드만큼 녹아나간 것 같다. 허리가 아파서 병원을 찾을 때마다 엉덩이 힘을 키우라고 했던 의사 말이 떠올랐다. '공부는 엉덩이로 하는 거야' '원고는 엉덩이가 쓰는 거야', 앉아서 버티라는 채찍으로 늘 들어온 말이다. 그런데 정작 내 엉덩이는 나에게 다른 말을 하고 싶지 않을까?

그래선지 나는 사람들 몸을 볼 때면 엉덩이가 눈에 먼저 들어온다. 덩치와 체형에 상관없이 납작하고 볼품없는 엉덩이는 앉아서 노동하는 사람들의 특징인 것 같다. 날씬하건 뚱뚱하건 세월과 노동에 쓸리고 쓸린 엉덩이는 기가 죽어 있다. 반면 식당 주방에서 알바할 때 내게 낯선 느낌을 준 것은 같이 일하는 분들의 엉덩이였다. 정말 튼실해서 한 광주리를 꽉 채운 것 같은 엉덩이를 보면 묘한 느낌이 들었다. 누구는 엉덩이를 대패로 깎아가듯 일하고 누구는 엉덩이와 허벅지의 힘으로 이 무거운 노동과 삶을 버틴다니, 둘을 합해서 사이좋게 나눴으면 좋겠다는 생각이 들었다. 엉덩이를 붙잡아 매서 하는 노동도, 엉덩이 붙일 새 없이 하는 노동도 하루 열두 시간 이상을 강요한다. 엉덩이를 한쪽으로만 혹사시키는 삶은 한쪽으로 치우친 삶의 기준을 말해주는 것 같다. 시간은 줄이고 활동을 나눠야 엉덩이에 평화가 올 것이다.

몸을 쓰는 활동이 가장 필요한 청소년 시절에 하루 열 시간 넘도록 책상 앞에 묶여 있던 엉덩이, 엉덩이로 이름 쓰기 같은 굴욕적인 벌을 받아야 했던 엉덩이, 쪼그려 뛰기를 하거나 매찜질을 당해야 했던 엉덩이, 그 와중에 몸매 품평을 당할 때 1순위가 되어온 엉덩이…. 이제 내 엉덩이에 평화를 주고 싶다.

운동을 어떤 신체 부위로 환원해서 '이 운동을 하면 이 부위에 좋다'는 식으로 하는 말이 많다. 그런 말을 들으면 우선은 시큰둥하다. 몸은 전체적으로 좋아지는 것 아닌가. 하지만 나이스가 '이 운동이 엉덩이 강화, 힙업에 최곱니다'라고 하면 귀가 솔깃한 것이 사실이었다. 나는 하체 운동을 할 때 엉덩이와 허벅지에 오는 통증을 가장 즐긴다. 이때의 통증은 근육통이다. 찌뿌드드한 저림이나 쑤심과는 다른 차원의 통증이다. 뭔가 튼실해졌다는 기분이 보내는 신호인 것만 같다.

운동 가기 싫은 날, 일도 하기 싫은 날, 그렇게 팽개치고 죽치고 앉아 있으면 엉덩이가 신호를 보낸다. 엉덩이가 의자에 대패질당하고 있다는 생각을 하

면 억지로라도 일어나게 된다. '나 아파요' '날 보살
펴줘요', 엉덩이가 자신을 케어해달라고 신호를 보내
는 것이다. 고통에 귀를 기울이는 것은 내 몸의 소리
를 경청하는 데서부터 시작된다고 믿는다. 이 신호를
무시하고선 타인의 고통에 귀 기울일 에너지 같은 건
생성되지 않는다.

도둑처럼 오는 변화

내가 PT를 받으며 운동을 한 건 고작 1년 반 전부터다. 그 시간 동안 갑자기 몸짱이 될 리 없다. 앞으로도 그럴 것이다. 나는 여전히 도화지를 만드는 중이라고 생각한다. 그 도화지에 뭘 그릴지는 내 일상의 여러 요소들이 합작을 할 것이다. 그럼에도 1년 반 동안 도둑처럼 찾아온 변화들이 있기는 하다.

나는 여전히 뚱뚱하다. 의료계의 분류표에 따르자면 고도비만에서 과체중으로 바뀌기는 했다. 그것만으로도 의사에게서 큰 칭찬을 받았다. 좀 바빠서 끼니나 술을 거르면 '인생 최저 몸무게'를 찍는 날도 있다. 물론 그런 날은 기운이 없어 뭘 할 수가 없다. 활기가 넘쳐야 제 몸에 맞는 몸무게 같다.

운동 초반에는 눈에 띄게 살이 빠졌다. 갑작스럽게 운동량이 늘어서였을 것이다. 오랜만에, 마침 그 무렵에 나를 본 사람들이 나를 못 알아봤다.

"저 사람 ○○ 맞아?" "정말?"

이런 수군거림이 내 귀에까지 들렸다. 혹은 내가 없는 자리에서 나의 안부를 서로 물었다는 소문을 전해 듣기도 했다.

"○○씨, 무슨 큰 병 든 것 아냐?"

지금은 정체기에 들어서선지 내 몸에 맞는 무게를 찾아선지 같은 몸무게를 유지하고 있다. 지금 몸무게는 20여 년 전과 같다. 같은 몸무게라도 이전과는 체형이 다르고 활력이 다르다.

'저울에 자주 올라가지 말라'거나 '저울보다 줄자를 신뢰하라'는 등의 말이 많다. 내가 신뢰하는 측정기는 내 손가락이다. 손가락에 부기가 없고 팽팽하게 느껴지는 날은 몸이 가볍다. 반대로 손가락이 부어 있는 느낌이 드는 날에는 몸 전체가 축 처지고 무겁다.

동화 「헨젤과 그레텔」에서 헨젤은 눈이 어두운 마녀를 속이려고 자기 팔 대신 마른 나뭇가지를 내민다. 헨젤을 살찌운 후 잡아먹으려는 마녀의 계획을 노린 작전이다. 마녀는 마른 나뭇가지를 만져보곤 '음, 아직 살이 오르지 않았네' 판단한다. 헨젤은 살찌면 잡아먹히는 것이다. 나는 손가락을 만질 때마다 그 생각이 나서 혼자 웃는다.

만화 『다이어터』에서 본 변화가 나한테도 왔다. 『다이어터』의 주인공이 어느 날 자기 쇄골을 발견하고 놀라는 장면이 있다. 나도 어느 날 옷을 갈아입다가 거울에 비친 쇄골을 발견하고 깜짝 놀랐다. 좀 당황스러웠다. '음. 내 몸에도 이런 게 있었군.' 나이스는 그것 말고도 내 몸에 숨겨진 근육을 발굴하라고 했다. 앞으로도 내 몸에서 그동안 보지 못했던 뼈와 근육을 계속 발굴할 수 있다면 좋겠다.

심장은 단연코 좋아졌다. 계단을 조금만 올라도 헉헉대던 숨소리가 사라졌다. 통증도 사라졌다. 매일 혈압약을 먹기는 한다. 그래도 운동 반년 후 의사가 약을 절반으로 줄여줬고, 그다음 반년 후에 또 절반으로 줄여줬다. 하루 두 번 먹던 약이 한 번으로, 한 번 먹어야 하는 양도 절반으로 준 것이다.

5분도 채 타지 못하던 실내자전거를 40여 분 동안 3단으로 놓고 타게 됐다. 시속 3.5킬로미터의 달팽이가 이제 그래도 시속 7-8킬로미터로 달리는, 제트달팽이쯤이 됐다. 다룰 수 있는 기구도 많이 늘었다. 기구를 알게 되니 오히려 맨몸으로 하는 운동 쪽에서 훨씬 더 자유를 느끼곤 하지만.

가장 좋은 것, 무엇보다 마음의 해방감이다. 그동안 허세 섞인 큰소리가 나를 감싸고 있었다.

'사실 내가 안 해서 그렇지, 마음만 먹으면 다 할 수 있어. 다이어트도! 운동도! 그런데 난 그런 데 가치를 두지 않으니까 안 하는 거야.'

그 허세가 나간 자리에 해방감이 깃든 것이다. 이 돈이면…, 이 시간이면…, 이런 죄책감과 조바심에서도 벗어났다.

이 글을 쓰다 말고 운동하러 갔더니 누가 나에

게 말을 걸었다. 20킬로그램짜리 바벨을 지고 스쿼트 일곱 세트를 치고 났을 때였다. 말을 건 이는 우리 체육관의 고수 중 한 사람이었다. 고수라 함은 연세가 지긋하신데 늘 빠짐없이 운동을 하시고 수련의 경지가 높아 보여서다.

"회원님이 이 체육관에서 운동 덕을 젤 많이 본 것 같아요."

"네?" 내가 알쏭달쏭한 표정을 짓자 고수께서 연이어 말씀하셨다.

"달라진 것 느끼지 않아요? 내가 오랫동안 지켜봐왔는데 정말 많이 좋아졌던데? 운동 덕 봤어요."

고수 눈에 그리 보이신다니 분명 나한테 무슨 변화가 있기는 있을 테다.

여러 통증에서도 해방되었다. 사지가 쑤시고 저리는 건 병원에서도 진단명을 받기 어렵고 그냥 숙명처럼 여기는 고통이다. 『걸리버 여행기』에서 잠에서 깨어보니 소인국에서 온몸이 줄로 묶여 말뚝에 박혀 있는 걸리버 같다고나 할까. 어디라고 콕 집어 말할 수 없이 몸의 모든 지점이 막혀서 배배 꼬이는 것 같았다. 이런 상태에서는 일도 일이거니와, 누구에게도 친절은커녕 예의를 드러내기도 어렵다. '나 건드리면 죽인다'는 식으로 살게 된다.

피곤에도 맥락이 있다. 내 몸에 안개처럼 뿌연 거미줄이 둘러쳐져 있고, 거기 붙잡혀서 헤어나지 못하고 허우적거릴수록 더 묶이는 것 같은 기분이 있다. 땅 밑에서 무서운 손이 끌어당기는 기분 같기도 하다. 사우나에서 땀을 빼거나 아무리 오래 깊이 잠을 자도 이런 피곤함에서 헤어날 수가 없다. 이런 피로가 아니라 노곤하게 노을처럼 스미는 피곤도 있다. 이런 기분을 느끼게 되는 건 참 좋은 일이다. 피곤의 맥락이 달라지니 감정 조절이 쉬워졌다. 내가 뾰족하지 않고 너그러워지면 주변 사람들도 악마에서 요정으로 변신한다. 그리고 악마를 만난다면, 팅기고 반박할 기운이 생긴다.

또 하나, 다른 세계를 알게 된 기분이 묘하다. 나는 몸을 혐오했다. 국민학교(지금은 초등학교란 거 안다) 때 이어달리기를 하면 우리 반이 늘 졌다. 나 때문이었다. 옆 반과 대항달리기에서 지고 나면 다음 경기가 있을 때까지 나는 우리 반 공공의 적이었다. 그리고 또 시합을 하고, 또 공공의 적이 되었다. 6학년 마지막 운동회 날 처음으로 마음먹고 온 엄마 아빠는 창피해서 다시는 학교에 오지 않겠다고 했다. 내가 뛰는 모습이 너무 흉하고 창피했다는 것이다. 중고교 내내 체육 시간은 평소엔 (대부분 입시 공부를 위한 자습을 하느라) 있지도 않은 시간이다가 체력장 때만 들들 볶이는 시간이 되었다. 앞에서 매달리기 0점이었다고 고백했다. 실은 모든 종목에서 0점이었다. 다른 애들도 체력이 열악하기는 마찬가지였지만 나는 특히 심했다. 100미터 달리기 25초로 0점, 윗몸 일으키기 0점, 매달리기 0점, 던지기 0점. 그나마 점수를 딸 가망이 있는 건 완주만 하면 점수를 주는 800미터 달리기였다. 뛰다가 심장마비로 죽는 줄 알았다. 나보다 늦게 출발한 팀이 나보다 먼저 도착해 점수를 주는 선생님이 헷갈려 내 점수를 빼먹기도 했다. 그리고 그때마다 나는 등짝을 맞았다. 억울했다. 게으름을 부리거나 잘못을 한 것도 아닌데 왜 이리 야단을 치고 못살게 구는지. 그러다 생각했다.

'체력장이 인생을 평가하는 잣대가 아니기에 망정이지, 그랬다면 내 인생은 어땠을까?'

요행히 난 체력장이 아닌 공부에는 재능이 있었다. 그것도 특히 몇 과목에서. 세상은 그런 나를 잘 대우해줬다. 생각했다.

'내가 체력장에서 등짝을 얻어맞은 것이 억울한 것처럼, 요 몇 과목에서 점수가 좋지 못하다고 인생을 평가당한 다른 친구들은 얼마나 억울할까?'

세상의 잣대가 너무 편협하다는 생각을 체력장

이 가르쳐줬다. 마찬가지로 지금, 내 몸을 계발하고 몸에 대해 알아갈수록 다양한 삶이 눈에 들어오기 시작한다. 그동안 생각 없이 몸에만 신경 쓰는 이들이라고 폄하했던 사람들이 실은 최선을 다해 자기를 다듬고 만드는 사람이라는 것, 그렇든 아니든 저마다의 사연과 내력이 있을 테니 잘 알지도 못하면서 누군가를 함부로 말하지 말라는 것, 그런 것들을 체육관에서 배웠다.

나는 이제 내 몸을 혐오하지 않는다. 아쉽고 모자라도 내 몸이 나와 동행할 나의 일부라는 것, 남하고 비교하는 것이 아니라 나에게 활력이 있으면 그게 나에게 어울리는 몸이라는 걸 알게 되었기 때문이다.

깍두기의 기승전-피트니스

내 생애에 신체 활동이 가장 활발했던 때는 골목에서 동무들과 논 시절이었다(그렇다. 놀이에는 친구보다는 동무란 말이 어울린다.) 해가 질 때까지 놀았으면서도 아쉬워한 우리는 헤어지면서 '내일도 만나서 또 놀자' 다짐했다. 보이지 않는 동무가 있으면 그 애 집 앞에 가서 '누구야, 놀-자' 불러댔다. 고무줄, 꼬리잡기, 피구, 가끔은 격렬한 나무칼 싸움까지, 놀이는 무궁무진했다. 학교에서도 그 짧은 쉬는 시간을 꽉 채워 놀았다. 쉬는 시간을 알리는 종이 울리면 학교 건물 맨 꼭대기 교실에서 운동장까지 뛰어 내려가 놀다가 수업 시작 종소리가 울리면 다시 그 계단을 튀어 올라갔다. 단 몇 분을 몇 시간처럼 완전 소중하게 놀았다.

신체 활동이 활발했다고 했지만, 활발했을 뿐이지 신체 능력이 뛰어나지는 않았다. 흔히 놀이란 편을 갈라 대결을 한다. 그럼 나같이 움직임이 둔한 애는 이기는 데 도움이 안 된다. 그럼에도 동무들과 같이 놀 수 있었다. '깍두기'란 제도(?) 덕분이었다(왜 그걸 깍두기리 불렀는지는 아직도 잘 모르겠다.) 가위바위보건 뭐건 합의한 방식으로 편을 나눈 후에 나 같은 아이를 깍두기로 지명해 양쪽 편에 번갈아 끼워준다. 아무튼 깍두기인 내가 플레이를 잘 못한 탓에 점수를 잃어도 나를 타박하거나 원망하지 않았다. 나는 양쪽 편에서 골고루 못했기 때문이다. 나 때문에 실점하는 건 그냥 규칙의 일부로, 게임의 일부로 알았다. 깍두기는 시합과 경쟁을 즐기면서 동시에 나 같은 아이를 배려할 줄 아는 멋진 규칙이다.

세계보건기구(WHO)에서 정의하는 건강이란 '질병이 없거나 허약하지 않은 상태'만이 아니다. '신체적, 정신적, 사회적으로 안녕한 상태'를 건강이라고 말한다. 건강의 사회적 차원을 명시하고 있는 것이다. 건강이 '사회적'이라는 건 타인과의 비교, 경쟁, 끼워주지 않기, 빈곤과 차별 등이 건강에 영향을 끼치는 중요한 요소임을 말해준다. 깍두기로 누구나 함께 놀 수 있었던 우리는 이런 건강의 기준을 알고 있었던 걸까?

타인의 시선과 타인과의 관계가 나를 둘러치고 있다. 내 몸이 이른바 '정상'이라는 기준에 맞는지, 정상에 가까운지를 따져야 하는 마음은 늘 골골거린다. 내 곁의 동무들이 내 역량이 달라지더라도 계속 같이 놀아줄지 걱정해야 하는 마음은 자주 벌벌거린다. 가끔 생각해본다. '걔는 돈이 없어서 안 돼' '걘 시간이 없잖아. 걔랑 맞추다간 아무것도 못 해' '걘 몸이 불편하잖아', 이런 식으로 나를 '놀이'에 끼워

주지 않는 날이 오면 어쩌지?

　　휠체어 농구를 다룬 글을 읽었다. 서서 슛을 넣는 능력이나 휠체어에 앉은 상태로 슛을 성공시키는 능력이나, 오랜 기간 훈련하고 또 훈련하여 습득되는 기술이라는 점에서 다를 바가 없다. 휠체어 농구에서 휠체어를 능숙하게 조작하기 위한 도전 또한 다른 스포츠에서 쓰이는 장비들, 야구 글러브나 배트 따위를 잘 다루기 위해 익히는 것과 마찬가지다. 휠체어 농구는 장애인 따로, 비장애인 따로 하는 경기가 아니라 장애 유무와 상관없이 휠체어를 다루는 기능을 훈련한 사람들이 같이 경기를 벌인다. 이 경기에서 휠체어는 다리가 부자유해서 앉는 도구가 아니라 자유롭기 위해 쓰는 도구가 된다. 그렇게 휠체어 농구는 휠체어를 역동적으로 다루는 능력과 슛을 넣는 능력이 어우러진 운동이 된다. 이를 역통합(reverse integration)이라 한다. 보통은 비장애인의 활동에 장애인을 통합시키지만, 그 반대를 생각하고 실현한 것이다.

　　장애인 스포츠라 하면 흔히 올림픽이 끝난 후에 같은 장소에서 벌어지는 패럴림픽, 장애인올림픽을 떠올린다. 이 또한 경쟁을 중시하는 스포츠 모델이고 패럴림픽에서도 영웅이 탄생한다. 문제는 이 선수들을 사람들이 '진짜' 스포츠 선수로 보지 않는다는 것이다. 과연 진짜가 무엇일까. 감탄을 자아내는 신체란 도대체 무엇일까. 스포츠 활동으로 감동을 일으키는 신체, 스포츠의 경쟁과 도전과 성취감은 최고 수준에 이른 사람들만 누리는 것이어야 할까. 휠체어 농구 같은 운동은 이런 질문을 품고 스포츠에 대한 새로운 사유를 요청한다. 뛰어난 프로들의 엘리트 체육부터 같이 하는 것만으로 즐거운 생활 체육까지, 운동이라 한다면 이 모두를 망라하는 다양성이 필요하지 않을까.

운동을 하면서 받게 되는 보상은 몰두 그 자체가 주는 느낌, 자기의 신체 상태에 대한 감각, 함께 하는 동료들에게서 얻는 동료애와 인정까지 다양하다. 누굴 끼워주고 말고 하는 문제가 아니라 다른 차원의 사유, 휠체어 농구에서와 같은 사유의 전환이 요구되는 일은 많다. 특히 몸과 건강과 관련해서 말이다.

내 사무실은 비슷한 일을 하는 사람들이 번개 만남으로 애용하는 장소다. '의논할 일이 있어서' 사무실을 찾기도 하지만 '그냥 꿀꿀해서' 같은 이유가 더 잦은 번개를 만든다. 내가 피트니스에 빠지고부터는 이 번개에서 사회운동 얘기는 손님이 되고 신체 운동 얘기가 주인이 되곤 한다.

"아프면 사람한테서 냄새가 난대요. 나한테 나는 냄새를 알아채고 말해주는 친구가 있으면 좋겠어요. 너 냄새나니까 병원 가봐, 이렇게 말해줄 수 있는 친구 말이에요."

"에이, 아무리 친해도 본인한테 그런 말을 솔직하게 할 수 있을까요?"

"나는 류한테서 냄새가 나면 말해줄 테니까 나한테 냄새나면 류도 나한테 꼭 말해줘야 해요."

이렇게 말한 이는 우리 사무실을 찾는 최고 연장자다. 그이는 헬스장에서 폼롤러로 마사지를 시도한 첫날, 갈비뼈에 금이 갔다. 연이어 다른 일로 또 사고를 당해서 반년 가까이 병원 신세를 졌다. 그럼에도 "함께 늙는 재미를 기대한다"며 노년의 미에 대한 책을 냈다. 아파 본 사람, 아픔이 뭔지 아는 사람이 아름답다는 게 그 책의 요지다.

"도로에 서 있던 사진만 찍혀도 그 사람을 찾아내서 처벌한다네요. 이걸 무슨 논리로 뚫을 수 있을까요?"

"어려운 문제네. 같이 고민해봐야지. 그건 그렇고 당신 요즘 운동하고 있어?"

"여기 와서 야단맞을까 봐 오늘 여기 오기 바로 전에 하고 왔어요. 하도 오랜만에 왔다고 트레이너 샘이 엄청 좋아했어요."

어느 인권활동가가 노동절 집회에 참가했다가 누가 촬영했는지도 모르는 사진이 증거가 되어 일반 교통방해죄로 기소당했다. 6개월 넘도록 스쿼트에 성공하지 못한 인권변호사가 재판에서 그의 무죄 선고를 받아냈다. 촛불집회 때문에 벌금을 때려 맞은 사건들이 여전히 그에게 주렁주렁 달려 있기는 하지만 말이다.

"허구한 날 고민하더니 값진 승소네. 그 재판 당사자인 ○○도 피트니스 하는데, 집회 나갈 체력 키우느라고 운동한대. 레그레이즈는 무한대로 할 수 있을 것 같은데 다른 근력 운동은 힘들다네?"

듣고 있던 다른 이가 푸념을 한다.

"아효. 요즘 여기만 오면 뭔 얘기가 다 기승전-피트니스네."

"그러는 당신은 요즘 운동 가고 있어?"

"일주일에 한 번 스트레칭이랑 마사지만 하러 가는데, 그것도 힘드네. 체육관까지 가는 게 젤 힘들어. 하고 나면 시원해서 좋긴 한데. 그런데 내 몸이 나이와 달리 노년의 몸이래. 흑흑. 조치를 취하지 않으면 한방에 훅 갈 수 있다구….”

“꾸준히 운동하면 되지. 요즘 청소년들도 몸은 중년이라고들 해. 움직이기 나름이야.”

“전요, 돈 없어서 PT는 더 이상 못하겠는데 트레이너가 저더러 하체에 힘이 하나도 없다고, 운동을 해도 효과가 너무 안 난다고 자기가 속상해해요. 나이 들면 허벅지 힘으로 산다는데. 나도 체력 좀 키우고 싶어요. 피곤이 도무지 감당할 수 없을 만큼 몰려와요.”

이렇게 말하던 인권활동가는 자기 단체 명망가들의 비민주적인 운영 때문에 속을 끓이다 결국 사직을 했다. 일이 잘 풀리지 않으니 운동할 마음도 생기지 않는다 했다. 그에겐 마음을 추스르고 나면 다시 시작할 수 있을 거라고 응원을 건넸다.

“근데 그거 알아? 류가 피트니스 책 쓴대.”

“뭐? 정말? 기승전-운동이더니 정말?”

“웃지 말고 당신들도 써봐. 참, △△은 권투하잖아? 소장만 쓰지 말고 이참에 권투 책을 써보는 건 어때?”

새벽마다 도장에 나가 샌드백을 두드리고 출근하던 △△은 철봉에 매달렸다 떨어져서 이마와 인중을 꿰맸다. 아마도 운동의 신은 시련의 신의 다른 이

름인가 보다.

이런 만남 속에서, 주고받는 이야기 속에서 우리는 끊임없이 공을 패스하고 슛을 넣는다. 우리 몸은 아주 많이 다르다. 이 몸들 사이를 흘러 다니는 다양한 감정과 행위가 우리의 사회적 건강을 이룬다. 신체와 마음의 근육을 늘리는 일은 동떨어져 있지 않다. 이 둘의 근력을 강화하고 유연성과 협력하는 능력을 늘리려면 (스포츠건 사회운동이건) 운동이 필요하다. 몸을 힘차게 움직이는 삶에서 누구도 스스로를 배제하거나 타인을 배제할 필요가 없다. 느리고 모자라더라도 계속 움직이기, 그 움직임이 계속되어야 나는 깍두기이면서 다른 깍두기를 품을 수 있을 것이다.

이해하다

"참 좋아지셨어요. 젊어 보이십니다."

가끔 체육관에 들르는 전무가 어느 날 나에게 인사 대신 이런 말을 건넸다. 내가 처음 체육관에 등록할 때 상담을 맡았던 사람이라 내 첫 인상을 기억해 던진 말인 모양이다.

'젊어 보인다.' 이 마약과도 같은 말. 황홀하다. 그러나 약이 아닌 독이다. 젊어 보인다는 말을 흔히들 칭찬으로 한다. 과연 칭찬일까? '활기차 보이세요'라고 해도 되는데 '젊어 보이세요'라고 말한다. 그냥 '멋져 보인다'고 해도 될 텐데 '그 나이대 또래처럼 안 보이고 멋져 보인다'고 말한다.

이 글을 쓰는 지금 나는 반백 년을 살았다. 연말이 생일인 나는 '한국 나이' '만 나이'를 따져서 한 살이라도 더 적은 나이를 대며 그동안 살아왔다. 기를 쓰고 운동하는 것도 어쩌면 늙어감에 저항하는 것일지도 모른다.

어릴 때 나는 서른이 되면 죽어야 될 줄 알았다. 생물학적으로 죽는 게 아니라 청춘이 끝난 삶은 구태의연하고 그냥 목숨을 부지하는 것이라 여겨서다. 어릴 적 산울림의 김창완 씨가 지금은 아주 유명해진 그 가사 '언젠가 가겠지, 푸르른 이 청춘' 구슬프게 이 노래를 부를 때, 쬐그만 내 가슴은 왜 그리 저몄는지

(그런 노래를 부르던 김창완 씨가 예순 넘어서도 노래하고 각종 드라마에서 악역을 열연하는 배우가 될 줄은 몰랐다.) 게다가 '여자 나이 서른이면 여자로선 끝'이란 말은 얼마나 많이 들었던가. 세뇌가 안 되는 게 불가능했다.

나이는 평생을 따라다니며 골탕을 먹인다. 어리고 젊으면 빈축을 듣는다. 미성숙하다, 모자라다, 급기야 '요즘 것들'이라는 말까지. 나이가 좀 많다 싶으면 나잇값 못 한다, 늙어서 저런다, 힐난을 들어야 한다. 그렇다고 '나이주의'가 모든 사람에게 똑같은 방식으로 작동하는 것도 아니다. 같은 나이여도 성별에 따라 중후하다는 소릴 듣는 사람이 있는가 하면 퇴물이라는 소릴 듣는 사람이 있다. 정치경제적 위치에 따라 같은 나이라도 창창하다, 쓸모없다, 평가가 갈린다. 사회가 변했으니 특정한 나이에 맞는 '정상적'인 '표준'인 생애 주기가 깨진 지 오래다. 그럼에도 나이와 특정 역할에 대한 인식과 태도는 끈질기다.

운동으로 활기를 좀 갖게 된 내 몸이 새로운 '나이주의'와 마주하고 말았다. 일종의 '성공한 노년' 신화에 맞게 살라는 유혹이다. '성공적으로 늙겠다'는 말에는 이미 실패의 가능성이 담겨 있다. 성공이 아니면 실패라는 거니까. 젊게, 더 어려 보이게 살기를 목표로 한다면 나이 듦에 혐오를 품고 사는 것과 다를 바가 없다.

"영혼은 늦게 태어났으나 젊어진다. 그것이 인생의 희극이다. 육체는 젊게 태어나서 늙어간다. 그것이 인생의 비극이다."

오스카 와일드의 말이다. 과연 그럴까? 젊거나 늙은 요소가 섞인 희비극이 아닐까? 나는 경우에 따라 모든 연령에 속한 것 같다가 어떤 연령에도 속해 있지 않은 것 같을 때도 있다. 아주 늙었다고 느낄 때가 있고 나는 아직도 젊다는 생각을 넘어 가끔은 '나 참, 아직도 철딱서니가 없네'라고 느낄 때가 있다. 나는 마치 거기 속하지 않은 것처럼 내 또래 사람들을 싸잡아 비난하기도 한다. 젊었을 때보다 현명해진 것 같을 때는 연륜을 자랑하다가 과감함과 도전의식에서 자신 없을 때는 '나이 들면 어쩔 수 없어, 니들이 나이 드는 걸 알아?' 하는 식으로 도피하기도 한다. 지금 내 몸은 내 인생 어느 때보다도 활기차다. 젊었을 때도 느끼지 못한 활력을 요즘 느끼고 있다. 젊었을 때에 비해 힘을 요령껏 안배해 쓸 줄도 안다(그래도 이젠 밤샘은 불가능하다. 밤을 샜다간 일주일 정도 몸에게서 보복을 당한다. 사흘을 새고도 버티던 때는 이제 지나갔다. 대신 자고 싶어도 새벽이면 잠에서 깬다. 아침잠이 모자라는 시기 또한 지나간 것이다.)

　　나이와 상관없이 인생에 무엇이 닥칠지 모르기는 매한가지다. 내가 한창 운동에 몰두할 때 두 스포츠 영웅의 기사가 화제가 됐다. 한창 런지를 배울 때였다. 런지는 펜싱 선수의 다리 폼 같은 동작이다. 그러나 쫙 벌린 두 다리는 좌우 균형을 잡지 못하고 비틀거렸고 허벅지는 끊어질 듯 당겼다. 그 무렵 마침 무함마드 알리의 부고 기사가 떴다. '나비처럼 날아서 벌처럼 쏜다'던 알리의 날랜 스텝이 떠올랐다. 챔피언으로서의 명성뿐 아니라 인종차별과 베트남전쟁에 맞선 투쟁은 잘 알고 있었다. 그런 그가 30여 년을 파킨슨병과 더불어 살았다는 건 그가 죽고서 부고 기사로 처음 알게 됐다. 맹렬한 야수 같던 운동선수가 병과 동거하기란 힘든 투쟁이었을 테다. 더욱 사무친 건 그럼에도 불구하고 알리가 파킨슨 환자의 인권을 위해 노력했다는 내용 때문이었다.

　　또 하나는 1967년, 내가 태어나던 해에 스무 살이었던 캐스린 스위처(Kathrin Switzer)에 대한 기사였다. 스위처라는 여성은 마라톤 대회 출전이 금

지되던 시대에 보스턴 마라톤에 도전해 완주한 선수다. 스위처는 경기 도중에 여러 선수로부터 방해와 공격을 받았다. 달리고 또 달렸지만 결국 실격 처리되었다. 그러나 스위처가 도전한 덕분에 여성도 마라톤 출전이 가능해졌다. 내가 본 건 그로부터 50년을 기념하여 일흔이 된 스위처가 또 마라톤을 완주하리란 기사였다. 그리고 얼마 후 스위처는 실제로 보스턴 마라톤 대회 코스를 달렸다. 나이스에게 이 얘기 전해주었다. 그러자 나이스는 '회원님도 열심히 하시면, 그럴 수 있을 겁니다'라고 했다. 70세가 돼서도 달릴 수 있다는 건 평생을 꾸준히 달렸다는 얘기다. 확신은 못 하지만 스위처는 다음 해에도 또 달릴 수 있을 것이다.

내가 운동을 열심히 병행하는 삶을 살면 건강할 가능성은 높아진다. 그렇다고 병이나 장애가 없을 것이라 확신할 수는 없다. 그리고 어느 쪽 길에 들어서건, 그 길마다 나름의 삶이 있을 것이다. 건강한 사람을 가리키는 말로 'temporarily able-bodied'라는 표현을 쓰자는 운동이 있다. 건강은 일시적인 것이므로 아픈 사람이나 장애인을 차별하지 말자는 뜻에서 제안된 말이다. 알리가 되든 스위처가 되든 자기 몸의 고유한 삶은 계속되는 것이다.

'(몸으로 직접) 한 것은 이해하게 된다'는 말, 명언집 같은 데서 흔히 보이는 공자님 말씀이다. 그러나 이해의 방향성이 다르면 도취로 빠질 수 있다. '내가 해봐서 아는데', 꼰대의 대표 어휘다. 이해한다 (understand)는 것은 아래에(under) 선다(stand)는 말, 겸허해지는 게 이해하는 것이라는 말일 테다. 나는 제대로 내 몸을 이해하기 위해 여러모로 다짐을 해보곤 한다.

'운동을 해서 몸이 좀 좋아졌다고 '내가 해봐서 아는데'의 또 다른 버전을 만들지 말자. 똑같은 산수로 서로 다른 생을 비교할 수 없다. 생애 주기에 따라서가 아니라 나에게 특화된 나의 몸과 활동이 있다. 늙지 않기를 바라는 대신 나이 듦과 더불어 살아가자. 운동을 하면서 '성공적인' 나이듦 같은 건 생각하지도 말자. 노화는 질병이 아니라 삶을 의미한다. 또 하나의 정신승리를 거부하자.'

어느 날 랫풀다운(등 운동)을 하다가 나도 모르게 한숨을 쉬었다. 그날은 장국영의 기일이었기 때문이다. 나이스는 영문을 몰라 했다. 그는 장국영을 몰랐다. 나도 모르게 나이스에게 장국영도 모르느냐는 표정을 지어 보였나 보다. 나이스는 '장국영을 모르는 게 무슨 큰 흠은 아니죠?'라며 난처해했다. 신해철의 기일에는 그의 노래 '일상으로의 초대'가 체육관에 여러 번 울려 퍼졌다. 그 또래 회원들이 일부러 그 노래를 틀어달라고 요청해서였다. 나이스는 '오늘따라 왜 저 노래가 여러 번 나오지?' 갸우뚱해했다. 장국영의 영화와 신해철의 노래로 청춘을 보낸 세대와 나이스의 세대는 다르다. 나이스의 세대가 무엇과 더불어 나이 들어가는지 나는 잘 모른다. 나이는 어떤 사람보다는 많고 어떤 사람보다는 적을 뿐이라 하지만, 세대의 역사와 사회가 만든 흔적에는 차이가 있다. 낡은 것과 새로운 것이 교차하는 삶 속에서 아래에 서려는 자세, 그것이 '이해하다'일 것이다. 몸도 마음도 아래에 서려는 태도를 내 운동이 꿋꿋이 버텨 줬으면 좋겠다.

나를 만든 세계, 내가 만든 세계
'아무튼'은 나에게 기쁨이자 즐거움이 되는,
생각만 해도 좋은 한 가지를 담은 에세이 시리즈입니다.
위고, **제철소**, **코난북스**, 세 출판사가 함께 펴냅니다.

아무튼, 피트니스

초판 1쇄 발행 2017년 9월 25일
　　　 7쇄 발행 2023년 4월 10일
지은이 류은숙
펴낸이 이정규
펴낸곳 코난북스
출판등록 제2013-000275호
전화 070-7620-0369
팩스 0505-330-1020

conanpress@gmail.com
conanbooks.com
facebook.com/conanpress

ⓒ류은숙, 2023

ISBN 979-11-88605-00-2 02810

이 도서의 국립중앙도서관 출판예정도서목록(CIP)은
서지정보유통지원시스템 홈페이지(http://seoji.nl.go.kr)와
국가자료공동목록시스템(http://www.nl.go.kr/kolisnet)에서
이용하실 수 있습니다.(CIP제어번호: CIP2017023728)